アンソロジー

しずおか

純文学編

アンソロジーしずおか 編集委員会 編

静岡新聞社

アンソロジーしずおか　純文学編

目次

装　幀　坂本陽一（mots）
装画・挿画　ちばえん

螢火府

大岡信

宵闇の向う岸に
母が待つててくれるのを知つてゐたから、

葦おひしげる川つぺりをさぐりながら
怖くはなかつた。臆病だつたが。

螢をとるのはむつかしくない。
ただあの虫のあの体臭、

川底が小虫の気孔を這ひずりあがつて
露と化し、「ごう、水草の精よ、わたしの光」

さう訴へてゐる体臭は
覚めて嗅ぐにはなつかしく、

夢の中ではごえらくぶきみに
なまぐさかつた。

宵闇の向う岸で
母はほんとに待つてくれてゐたのだらうか。
たらちねの母者といつしよに螢をとりすぎ
ちちのみの父のみことにごなられた夕べ、
あの夜はほんとに実在したのだらうか。
母はほんとに向う岸にゐたのだらうか。

昼間なら
四《よん》本の川が野の中央を蛇行してゐた。

肥溜めの熟れた匂《こえ》ひと菜の花畑は
光る雲雀と親しんでゐた。

高圧線はひゆうひゆうと、凧の糸ごと
風に鳴つて高く舞つた。

女郎衆のまちをうたつた唄の愚劣さを
ことさら愛する人もなかつた。

四本《よん》の川のひとつが落ち窪む
学校裏のドンドンに、水は落ち、水は去り、

昼間なら
マルタもハヤも野の中央を縦横し、

モジリを仕掛け、オイベッサンを川底にあさる
ドンドンに、きのふの水はもうゐなかつた。
お医者さんごつこの餅膚《もちはだ》の児の
ぽッと灯るひつかき傷の回想を螢が照らせば、
とろとろと遠い岸辺にさまよひ出て
別の火をぼくはさがす、別の匂ひを。
「なにか握つておいでだね、少年よ、
だいじなものだね、握つてるのは。
指さきが白いからね、
きつく握つておいでとわかるよ。

サイコロだね、白い骨だね。握つてるのは。
惜しいことに、目が刻んでない。ただの骨だ」

宵闇のあの母は、
向う岸に、ほんとに実在してゐたのかしら。

「螢火府」はケイガフと読む。
オイベッサンは清流の小石に取りつく体長一センチ余りの虫にして、形状は蛆虫に似る。鎧武者さながら、砂粒をたくみに体の周囲にかき集め、一本の棒のごとき姿となつて自らを護る。こぶし大の小石の底部に貼りつくこと多し。はだしで清流にしやがみ、オイベッサンを何びきもみつけ、その砂粒をむしり、ハヤやマルタを釣る餌とする。虫の衣を剥ぐ快感、忘《ぼう》じがたし。魚類の好物なれど、伊豆三島地方の悪童ごもが愛でてよびたるオイベッサンの語の由来を知らず。またいかなる麗虫の幼虫なるやも知ることとなし。恵比須さんの転訛ならんか。されど虫の姿に恵比須を連想せしむるところ、いささかもなかりき。

三島は水都なりき。清水は溢るるごとく町の内外を貫き、藻草は緑なす髪のごとく流れに喜戯したり。オイベッサンはその川の生みし子なれば、蜂の巣の穴さながら、百数十の工場、企業、地下水を奪ひ、ためにあはれに痩せ衰へたる当節のごぶ泥多き三島の水に、なほ武者然と棲めるやいなや、わが望遠鏡には映ることなし。

追ってしるす。

われこの詩篇を雑誌上に発表せしのち、日ならずして二人の良き友、書を寄せてオイベッサンの正体を説く。すなはち川崎洋、また、加納光於。少年の日を忘れずして、今なほ川に、海にさまよひ、魚類と交感戦慄する最上質の悪童にして芸術家なり。オイベッサンと呼ぶ習慣は知らざりしも、こはトビゲラの幼虫ならんと、両君ただちに説は一致す。加へておのおの蘊蓄を傾けて説く川虫の微かなる世の消息は、これをここに披露せず。わが掌中の美果となすのみ。

蒼穹[*1]

梶井基次郎

ある晩春の午後、私は村の街道に沿った土堤の上で日を浴びていた。空にはながらく動かないでいる巨《おお》きな雲があった。その雲はその地球に面した側に藤紫色をした陰翳《いんえい》を持っていた。そしてその尨大《ぼうだい》な容積やその藤紫色をした陰翳はなにかしら茫漠とした悲哀をその雲に感じさせた。

私の坐っているところはこの村でも一番広いとされている平地の縁《へり》に当っていた。山と渓《たに》とがその大方の眺めであるこの村では、どこを眺めるにも勾配《こうばい》のついた地勢でないものはなかった。風景は絶えず重力の法則に脅かされていた。そのうえ光と影の移り変りは渓間にいる人に始終慌《あわただ》しい感情を与えていた。そうした村のなかでは、渓間からは高く一日日の当るこの平地の眺めほど心を休めるものはなかった。私にとってはその終日日に倦《あ》いた眺めが悲しいまでノスタルジックだった。Lotus-eater[*2]の住んでいるというといつも午後ばかりの国――それが私には想像された。

雲はその平地の向うの果である雑木山の上に横たわっていた。雑木山では絶えず杜鵑《ほととぎす》が鳴いていた。その麓に水車が光っているばかりで、眼に見えて動くものはなく、うらうらと晩春の日が照り渡っている野山には静かな懶《ものう》さばかりが感じられた。そして雲はなにかそうした安逸の非運を悲しんでいるかのように思われるのだった。

私は眼を渓《たに》の方の眺めへ移した。私の眼の下ではこの半島の中心の山彙《さんい》*3からわけ出て来た二つの渓が落合っていた。二つの渓の間へ楔子《くさび》のように立っている山と、前方を屏風《びょうぶ》のように塞《ふさ》いでいる山との間には、一つの渓をその上流へかけて十二単衣《ひとえ》のような山褶《やまひだ》が交互に重なっていた。そしてその涯には一本の巨大な枯木をその巓《いただき》に持っている、そしてそのために殊更《ことさら》感情を高めて見える一つの山が聳《そび》えていた。日は毎日二つの渓を渡ってその山へ落ちてゆくのだったが、午後早い日は今やっと一つの渓を渡ったばかりで、渓との間に立っている山のこちら側が死のような影に安らっているのが殊更眼立っていた。三月の半ば頃私はよく山を蔽《おお》った杉林から山火事のような煙が起るのを見た。それは日のよくあたる風の吹く、ほどよい湿度と温度が幸いする日、杉林が一斉に飛ばす花粉の煙であった。しかし今すでに受精を終った杉林の上には褐色がかった落ちつきが出来ていた。瓦斯《ガス》体のような若芽に煙っていた欅《けやき》や楢《なら》の緑にももう初夏らしい落ちつきがあった。闌《た》けた若葉が各々影を持ち瓦斯体のような夢はもうなかった。ただ渓間にむくむくと茂っている椎《しい》の樹が何回目かの発芽で黄《き》な粉《こ》をまぶしたようになっていた。

そんな風景のうえを遊んでいた私の眼は、二つの渓をへだてた杉山の上から青空の透いて見えるほど淡い雲が絶えず湧いて来るのを見たとき、不知不識《しらずしらず》そのなかへ吸い込まれて行った。湧き出て来る雲は見る見る日に輝いた巨大な姿を空のなかへ拡げるのであった。

それは一方からの尽きない生成とともにゆっくり旋回していた。また一方では捲きあがって行った縁《へり》が絶えず青空のなかへ消え込むのだった。こうした雲の変化ほど見る人の心に云い知れぬ深い感情を喚び起すものはない。その変化を見極めようとする眼はいつもその尽きない生成と消滅のなかへ溺れ込んでしまい、ただそればかりを繰返しているうちに、不思議な恐怖に似た感情がだんだん胸へ昂《たか》まって来る。その感情は喉《のど》を詰らせるようになって来、身体からは平衡の感じがだんだん失われて来、もしそんな状態が長く続けば、そのある極点から、自分の身体は奈落のようなもののなかへ落ちてゆくのではないかと思われる。それも花火に仕掛けられた紙人形のように、身体のあらゆる部分から力を失って。

——

私の眼はだんだん雲との距離を絶して、そう云った感情のなかへ巻き込まれて行った。そのとき私はふとある不思議な現象に眼をとめたのである。それは雲の湧いて出るところが、影になった杉山の直ぐ上からではなく、そこからかなりの距りを持ったところにあったことであった。そこへ来てはじめて薄《うっす》り見えはじめる。それから見る見る巨きな姿をあらわす。——

私は空のなかに見えない山のようなものがあるのではないかというような不思議な気持に捕えられた。そのとき私の心をふとかすめたものがあった。それはこの村でのある闇夜の経験であった。

その夜私は提灯《ちょうちん》も持たないで闇の街道を歩いていた。それは途中にただ一軒の人家しかない、そしてその家の燈《ひ》がちょうど戸の節穴から写る戸外の風景のように見えている、大きな闇のなかであった。街道へその家の燈が光を投げている。そのなかへ突然姿をあらわした人影があった。おそらくそれは私と同じように提灯を持たないで歩いていた村人だったのであろう。私は別にその人影を怪しいと思ったのではなかった。しかし私はなんということなく凝《じ》っと、その人影が闇のなかへ消えてゆくのを眺めていたのである。その人影は背に負った光をだんだん失いながら消えて行った。網膜だけの感じになり、闇のなかの想像になり――ついにはその想像もふっつり断ち切れてしまった。そのとき私は『どこ』というもののない闇に微《かす》かな戦慄を感じた。その闇のなかへ同じような絶望的な順序で消えてゆく私自身を想像し、云い知れぬ恐怖と情熱を覚えたのである。――

その記憶が私の心をかすめたとき、突然私は悟った。雲が湧き立っては消えてゆく空のなかにあったものは、見えない山のようなものでもなく、不思議な岬《みさき》のようなものでもなく、なんという虚無！　白日の闇が満ち充ちているのだということを。私の眼は一時に視力を弱めたかのように、私は大きな不幸を感じた。濃い藍《あい》色に煙りあがったこの季節の空は、そのとき、見れば見るほどただ闇としか私には感覚出来なかったのである。

（昭和三年一月稿　『文芸都市』昭和三年三月号）

＊1　青空、大空のこと。

＊2　ロータスは古代ギリシア伝説で、実を食べると夢心地になって浮世の苦しみを忘れることができるという想像上の樹。その実を食べる人から転じて快楽主義者。

＊3　山系または山脈をなさず、孤立している山岳の集まり。

満願

太宰治

これは、いまから、四年まえの話である。私が伊豆の三島の知り合いのうちの二階で一夏を暮し、ロマネスクという小説を書いていたころの話である。或る夜、酔いながら自転車に乗りまちを走って、怪我《けが》をした。右足のくるぶしの上のほうを裂《さ》いた。疵《きず》は深いものではなかったが、それでも酒をのんでいたために、出血がたいへんで、あわてておお医者に駈けつけた。まち医者は三十二歳の、大きくふとり、西郷隆盛に似ていた。たいへん酔っていた。私と同じくらいにふらふら酔って診察室に現われたので、私は、おかしかった。治療を受けながら、私がくすくす笑ってしまった。するとお医者もくすくす笑い出し、とうとうたまりかねて、ふたり声を合せて大笑いした。

その夜から私たちは仲良くなった。お医者は、文学よりも哲学を好んだ。私もそのほうを語るのが、気が楽で、話がはずんだ。お医者の世界観は、原始二元論ともいうべきもので、世の中の有様をすべて善玉悪玉の合戦と見て、なかなか歯切れがよかった。私は愛という単一神を信じたく内心つとめていたのであるが、それでもお医者の善玉悪玉の説を聞くと、うっとうしい胸のうちが、一味爽涼《そうりょう》を覚えるのだ。たとえば、宵《よい》の私の訪問をもてなすのに、ただちに奥さんにビールを命ずるお医者自身は善玉であり、今宵はビールでなくブリッジ（トランプ遊戯の一種）いたしましょう、と笑いながら提議する奥さんこそは悪玉である、というお医者の例証には、私も素直に賛成した。奥さんは、小がらの、おたふくがおであったが、色が白く上品であった。子供はなかったが、奥さんの弟で沼津の商業高校にかよっているおとなしい少年がひとり、二階にいた。

お医者の家では、五種類の新聞をとっていたので、私はそれを読ませてもらいにほとんど毎朝、散歩の途中に立ち寄って、三十分か一時間お邪魔した。裏口からまわって、座敷の縁側に腰をかけ、奥さんの持って来る冷い麦茶を飲みながら、風に吹かれてぱらぱら騒ぐ新聞を片手でしっかり押えつけて読むのであるが、縁側から二間と離れていない、青草原のあいだを水量たっぷりの小川がゆるゆる流れていて、その小川に沿った細い道を自転車で通る牛乳配達の青年が、毎朝きまって、おはようございます、と旅の私に挨拶した。その時刻に、薬をとりに来る若い女のひとがあった。簡単服に下駄をはき、清潔な感じのひとで、よくお医者と診察室で笑い合っていて、ときたまお医者が、玄関までそのひとを見送り、

「奥さま、もうすこしのご辛棒《しんぼう》ですよ。」と大声で叱咤《しった》することがある。

お医者の奥さんが、或るとき私に、そのわけを語って聞かせた。小学校の先生の奥さまで、先生は、三年まえに肺をわるくし、このごろずんずんよくなった。お医者は一所懸命

で、その若い奥さまに、いまがだいじのところと、固く禁じた。奥さまは言いつけを守った。それでも、ときどき、なんだか、ふびんに伺うことがある。お医者は、その都度、心を鬼にして、奥さまもうすこしのご辛棒ですよ、と言外に意味をふくめて叱咤するのだそうである。

八月のおわり、私は美しいものを見た。朝、お医者の家の縁側で新聞を読んでいると、私の傍に横坐りに坐っていた奥さんが、

「ああ、うれしそうね。」と小声でそっと囁《ささや》いた。

ふと顔をあげると、すぐ眼のまえの小道を、簡単服を着た清潔な姿が、さっさっと飛ぶようにして歩いていった。白いパラソルをくるくるっとまわした。

「けさ、おゆるしが出たのよ。」奥さんは、また、囁く。

三年、と一口にいっても、――胸が一ぱいになった。年つき経つほど、私には、あの女性の姿が美しく思われる。あれは、お医者の奥さんのさしがねかも知れない。

一家団欒

藤枝静男

三月中旬の或る日曜日の午後、章は市営バスにのって町を出た。そして二時間ほどすると終点についたのでバスをおりて、広い田圃の向こうにひろがっている大きな湖をめざして歩いて行った。

生まぐさい臭気を発散する、一列のまばらな人家の裏手に沿った掘割をわたると、橋ぎわの低い盛り土のうえに「昭和新田開拓記念」と深く彫りこまれた二メートルばかりの石碑が立っていた。しかしその後方にあるものはもはや田圃ではなかった。ただ碁盤目に仕切られた養鰻池が、薄れ陽の下に遠くひろがり、風がその上を吹きぬけていた。

浅く濁った水面を、時おり突風が強く叩き、そのたびに、叩かれた場所を起点として、細かい波の皺がでたらめの方角に奔ったりしていた。欠け歯のように水を干された池の、割れた底土には、鳥の歩きまわった跡が無愛想に刻されていて、岸辺ちかくに、空気補充用の小型の動力水車が、なかば錆《さ》びて、台座とともに露出していた。二、三羽の鳶《とび》が、啼きながら羽裏を見せて、章の頭のうえを舞っていた。

彼は、真中を貫いている砂利まじりの直線道路をごんごん歩いて行った。すると、広い養鰻場の果てを、高い土手と、そのうえに生い茂っている一列の呆けた枯蘆が区切っていて、近づくと、風にもまれる蘆の向こう側から、石垣に寄せる湖の波の音が、不規則なざわめきとなって響いて来た。

それで彼は、「とうとう来たな」と心に思って、土手を越えて、そのざわめきのなかへ下りて行った。


水面からの反射光とも、空からの光ともつかぬ、白っぽい光線が湖上に遍満《へんまん》していて、水だけはもう生まぬるい春の水になっていた。

章はそのなかを、遠い対岸めざして一直線に渡って行った。そうして、岸辺に到着すると、松林のなかを再びまっすぐに歩いて行った。腎臓も、眼球も、骨髄も、それから血液も、残して役にたつだけのものは、死んだときみな病院に置いて来たので、彼の身は軽かった。

やがて章は、かねて自分が目的としていた場所にたどりついた。それは、小さな寺の本堂のわきの軟かい毬を一面にならべたような美しい茶畑にかこまれた、あまり古くない彼の家の墓場であった。

「とうとう来た。とうとう来た」

と彼は思った。すると急に、安堵とも悲しみともつかぬ情が、彼の胸を潮のように満たした。彼は、父が自分で「累代之墓」と書いて彫りつけた墓石に手をかけて、その下にもぐって行った。

四角いコンクリの空間のなかに、父を中心にして三人の姉兄が坐っていた。二人の弟妹は、かたわらの小さな蒲団に寝かされていた。

妹ケイ　明治四三年没　一歳
姉ナツ　大正二年没　一三歳
弟三郎　大正三年没　一歳
姉ハル　大正四年没　一八歳
兄秋雄　昭和一三年没　三六歳
父鎮吉　昭和一七年没　七〇歳

「章が来たによ」

と父が云った。入口ちかくに坐っていたハル姉が、すこしとび出たような大きな眼で彼を見あげて

「あれまあ、これが章ちゃんかやあ」
と叫んだ。柔かな丸味のある懐しい声が、彼の身体全体を押しつつむように響いた。五
二年まえ一八歳で死んだ彼女は、髪を桃割れに結って木綿縞の着物を着、赤い花模様のメ
リンスの前掛けをしめた、少女のままの姿であった。
「わっちが死んだときは、章ちゃんはまだ小学校へはいったばかりだったで、わっちのこ
とは、はあ忘れつら」
「覚えている」
「わっちは、さっきお前があんまり父ちゃんとそっくりになって、頭が禿げているもんだ
で、解らないっけよう――何だか可笑しいよう」
「そうずらよ」
自分でも二、三年このかた、父の写真を見るたびに、満足をもってそう感じていた。
「僕も五九になったで」
章が少しびっこを引くようにして入って行くと父が
「章、どうしたえ。そこいらじゅう繃帯《ほうたい》をして、交通事故にでもあったかえ」
と云った。

「そうじゃあない。出がけに内臓をみんな向こうへ寄附してきたで、そのときの傷だよ――この眼玉もくり抜いて、本当の眼のかわりに綿をつめて、上へ義眼をかぶせてもらって来ただよ」

「それならええけえが。お前も相変らず思いきったことをするのう。むごいのう」

「ええよ。向こうで悪いことばっかりして来たで、僕はこれくらい当り前だよ」

と答えたが、急に胸が迫ってきて
「父ちゃん、僕は父ちゃんに悪いことばかりして、悪かったやあ」

と云うと同時に涙がこみあげて、父の膝にしがみついた。

「ええに、ええに。お前はええ子だっけによ」

父が慰めるように云って、彼の首のつけねのところから頭にかけて、ごわごわした厚い掌で撫でた。割れて角皮化したようなその左手の太い親指の先きには爪が生えていない。それは父が奮闘して家を起こした若い頃の勤労の名残りだ。父が死んだとき、汽車で数時間の勤先きから駈けもごった章は、その丸い指をくり返しいじるばかりであった。この指には自分だけの強い憶い出があった。

中学二年の夏休みの或る真夜中、章は誰かに肩をゆすられて眼をさました。父が枕元に坐っていた。

父は彼についてくるようにうながしてから、蚊帳をめくって二階へあがって行った。梯子段のある中の間の食卓によりかかって、母が向こうむきに坐っていた。真暗な二階へあがると、父は黄色い電灯をつけ、違い棚の上の袋戸棚から一通の封筒を出して、坐っている章の膝のうえに置いた。その顔はむしろ優しかった。

「お前の友達から来た。なかは見なくてもええによ」

と静かな声で云った。「アア」と彼は思った。頭が充血して脹れあがるような羞恥の念とともに、彼はそのAという同級生の、からかうような、意地の悪い眼色を胸に思い浮かべた。

——校舎の片隅にもうけられた、番人のいない学用品売場から、彼は二度にわたって二、三冊のノートと一〇数本のペン先きを盗んだ。そして数日後の体操の時間、グラウンドの草取りをしているとき、彼のすぐわきにしゃがんで草をむしっていたAが、不意に
「こうやって、いらない草を抜くのを万引きって云うんだってさ」

と云った。笑いながら彼の顔をのぞきこんで、それから念を押すように
「な、みんな、そうだな。万引きだな」

とまわりの者に云った。満身に汗をかき、身体を固くして、しかし章は何気ないふうに草をむしり続けていた。自分が今なにをしているのか、自分にもわからなかった。これから自分の身に起こるはずの、屈辱に満ちた出来事が、非常な速度で次々と彼の頭に浮かんでいた。

その日の夜、彼は盗品を風呂敷にくるんでこっそり外出し、暗い路端の叢《くさむら》に捨てた。Aの冷笑と、おびやかすような眼つきと、「万引き」という彼にだけ聞かせる囁《ささや》きとは、しかし夏休みの始まるまでしつこく続けられていた。

「お前さえ改心してくれれば誰にも秘密をもらさない、と書いてあるによ」

と父が云った。

「うん」

しかし、そのかわりにAは今後いつまでも、多分卒業するまで俺を苦しめつづけるにちがいない、と彼は思った。父が

「わしがさっきダキニ天に、お前のことをあやまっておいたでな。ダキニ天は祟《たた》りも怖ろしいけえども、頼みもよく聴いてくれるだよ」

と云って立ちあがって、半開きになった戸袋のなかから手塩皿をとり下ろして、彼の小

さな掌にのせた。父の白い絆創膏を巻いた薬指と、爪のない丸い親指の手から彼はそれを受けとった。

「これをお飲み。父ちゃんの血だで汚くはないよ。お前は痛いらで切らんでもええによ」

浅い水の底に、薄赤味を帯びた粒々のようなものが沈んでいた。異様な厭悪と屈辱で、彼は黙ってしばらくそれを見ていた。そしてひと思いにその塩気を含んだ水を彼は飲んだ。

「それでええ――心配せずともええによ」

と父が云った。

「ええに、ええに、ええ子だっけに」

いま父はそう云って、章の首筋を撫でた。

「それだけじゃあない。それだけじゃあない。まだ誰にも云えないことがある」

と章は心に思い、身体をもんで父の膝に頭をこすりつけた。すると、また新しく涙が溢れてきた。

中学を卒業して故郷に帰ったとき、章は近くの古寺の一室を借りて受験勉強をしていた。

怠惰で意志薄弱な彼を、性慾が執拗な力で悩まし続けていた。ある冬の夜、彼は家の納戸の隅から祖父の道中差しを盗みだして、本堂の裏手の墓地に出て行った。そして、墓地に接した料亭の二階から射してくる薄明りのなかで、かれは自分の陰茎のなかほどに刃をあてて引いた。かなりの気後れがあったにかかわらず、半ば錆びた刀は意外な切れ味で皮膚に深く食いこみ、彼が躊躇した次の瞬間に、その部分から血が吹き出すように流れてきた。

汚れた股引きとズボンを脱いだ半裸体の不様な恰好で、章は、夜半まで止まらぬ血をただ懸命に圧さえていた。その不安と狼狽とに動顚した醜い自分の姿が、とり返しのつかぬ羞恥として、青年時代の彼を刺しつづけた。傷痕に残された強い引っつれで右に曲ってしまった醜い陰茎を、彼は一生持ちつづけてきた。——そしてすべての彼の生活が、そのような恥で貫かれてきた。

「はあえぇによ。何でもないによ」

と父が云った。

「何でもないことはない」

と彼は呟いたが、しかし気分はだんだんに柔いでくるようであった。すべては終ったの

だ、と思った。彼が涙をふいているとハル姉が
「章の強情はまだなおらんかのう。昔っから父ちゃんに怒られると、二時間も暴れ泣きをして、うちじゅうを困らしたっけが」

と笑った。「二時間泣き」というのが、その時分の彼の仇名であった。

「のう、ナッちゃんも覚えているら」

「わっちは早く死んだで、よく覚えがないやあ」

すこし茶がかった毛をお下げにむすび、型染めの大柄な袷に黄色い絞りの兵児帯をしめた一三歳のナツ姉が、懐しそうに章を見ていた。

「僕はナッちゃんが死んだとき六つだ」

「それなら五四年も前のことじゃんか。お前のことなんぞ覚えていすか」

「僕は姉ちゃんのことをよく覚えているのに」

章はますます気持ちがほぐれ、甘えたような気分になってきた。

「僕は子供のとき、父ちゃんと兄さんと三人で、ハル姉さんやナッちゃんや、三郎やケイの骨を掘ったことがある」

「ふんとうかえ。厭だやあ」

とハルとナツが顔を見あわせて恥しそうな表情をした。奥の方に黙って坐っていた兄が

「ふんとうだよ。父ちゃんが掘って、僕と章が馬穴《バケツ》の水で洗っただよ」

「僕はあのとき姉さんのを間違えて骨壺に入れたかもしれん」

「章、ええ加減にしな。骨なんてどうでもええけえが、せっかく掘ってくれた父ちゃんに悪いじゃんか」

二人が叱ったが、父は黙って嬉しそうに頬笑んでいた。

三坪ばかりの墓地の三方を、何代か前からの土葬の低い墓石が、土からじかに立ってとりかこんでいた。三個の馬穴と数個の新しい骨壺を空地の中央にかためて置き、石塔を転がし、シャツ一枚の父がつるはしを振るって次々とその下を掘った。章と兄とは、見物に飽きると、まわりの茶畑の間を駈け歩いたり、生垣をくぐって外の田圃に出て唱歌をうたったりしていた。

広い枯田は、両側を人家や丘にかこまれたまま、先きへ行くに従ってせばまり、遠い彼方に消えていた。そのうえに青い山並が低く、陽にてらされて重なりあっていた。

古い骨は水になって土に溶けてしまっている、と父が云った。掘りあてたのは、××大姉、××童子、××童女と彫られた石の下から出た小さな四個の髑髏だけであった。

「これがおケイ」

「これが三郎」

「これがおハル」

というふうに兄と章とに念を押しながら、父は掌で泥を落として馬穴のかたわらにならべて行った。


「ここは、その時コンクリ屋に頼んでこしらえた家だよ」

章が、兄に同意を求めるように云った。兄が黙ってうなずいた。

ナツ姉が死んだとき、兄は赤ん坊の三郎を背中にくくりつけて、大人しく枕元に坐っていた。三郎も翌年には死んで、いま部屋の隅に、その六年まえに生まれて七ヵ月で死んだケイとならんで、小さな蒲団ですやすやと眠っている。兄は何時もやさしかった。自分自身は何でも我慢して、みんなを可愛がってくれた。そう思うと章の眼からまたしても涙が流れた。

「僕は兄さんにも悪いことばっかりして、悪かったやぁ」

と云って彼は泣いた。

彼は、高等学校のとき、兄が自分の乏しい小遣をためてみな章にくれたことを、後悔の念をもって思い起した。彼は何時も、それをチップとして下らないカフエの女にやった。兄が結核にかかって大学をやめ、絶望的な療養生活に入っていたとき、彼は兄からあずかった顕微鏡を質にいれた。そして兄がやっとの思いで父から貰うことのできた五〇円の写真機代を猫ばばして、二〇円の中古品を送り、余りをカフエ通いにつかってしまった。

「それ、また章の二時間泣きがはじまったによ」

ハルが気を引きたてるように云った。

「お前も、はあ死んじゃっただで、それでええじゃんか」

「死んでも消えない」

と彼は呟いた。しかし一方では「そうか、そうか」と思い、すこしは気が晴れるようでもあった。

「な、それでええにおしな」

とナツが云った。なるほど、これで本当にいいのかも知れない、と彼は思った。もう肉体がないのだから、自分は悪いことをしなくてもすむだろう。――それから世の中にたいする不平不満のようなものからも、そこから生ずる責任感みたいなものからも、それに対して自分が一指を加えることもできないという焦慮と無力感からも、そういうすべてのものから、自分は否応なしに解放された。それも相手の方から解除してくれたのだ。

——ああ何てここは暖いだろう、と彼は溜息をつくように思った。これからは、もう父や兄や姉の云うことを何でもよく聞いて、素直に、永久にここで暮らせばいいのだ。

「すこし寝たらどうだえ。遠いところを歩いて来て、さぞくたぶれつら」

父がなぐさめるように云った。

「わし等は、これからヒヨンドリを見物に行ってくるで、そのあいだゆっくり休むとええによ」

ハルが跳びあがって

「あ、そう、そう、章が来た騒ぎですっくり忘れていた。ナツ、ぐずぐずせんと早く行かず」

と叫んだ。

「着物も替えずに行くのは、わっちら恥しいやあ」

「ええよ、ええよ。どうせわっちらの姿は人にゃあ見えないだでええじゃんか」

「それもそうだのう」

「俺も行く」

と章は云って立ちあがった。

「しかしいま行っても早すぎるら」

ヒヨンドリがはじまるのは真夜中にきまっていた。

「この頃は八時から一二時までになっただよ」

と兄が云った。章は、それはきっと子供の教育に差支えるという、教師やPTAの入れ智慧にちがいないと思った。

彼等は一団となって、真暗な外に出て田圃のなかを一直線にごんごん歩いて行った。山と山とが浅く入り合いになった窪みの山裾に小さな神社がある。そして行くての闇のなかを、神社にむかって赤い松明の火が渡って行くのが見えた瞬間、章の胸に、幼かったころのわくわくするようなときめきが蘇った。――あの火が、章の背丈ほどの廻り縁をもった小さなお堂に着くと、扉の前で、腹に太い〆縄《しめなわ》を巻いた裸の青年たちに押し戻される。揉《も》みあいがはじまり、闇のなかで松明が揺れて弾《は》ぜ、参拝者のごよめきの上に熱い火の粉がふりかかる。

そしていっときの喧騒が静まると、やがてお堂に灯がともされ、板敷きに敷かれた二坪ほどのせまい蓆《むしろ》のうえで、単調な太鼓と笛と鉦のゆるい響きにつれて、田踊りに似た、多分「火踊り」の訛《なま》りにちがいないヒョンドリがはじまる。それは、踊りとは云っても、すべて一回が五分か七分で終わってしまう、ぶつ切りの四方拝のような、また何かの卑猥な仕種を形ごったような、ただのゆるい身動きの連続にすぎないものであったが、しかしそういう正体のよく知れぬものが、いつも幼い章の中にひそむ何かを目覚ましつづけて行ったのである。

章は、兄と姉とのあいだにはさまれて、どんどん近づいて行った。「デンデコ、デコデコ。デンデコ、デコデコ」単調で濁った太鼓の音が響いていた。あいまに、調子はずれの笛が「ピー」と鳴り、それにつれて鉦が「カーン、カーン」と鳴っていた。

黒木綿のたっつけをはき、頭に薄い紙でこしらえた平たい帽子のようなものをかぶり、その両側から細い紙のひらひらの飾りをトックリセーターの肩まで垂らした青年が、片手に壊れかけた鈴、片手に半開きの白扇を持って立っていた。彼は太鼓や笛の音とは何の関係もないように、四方に向かって同じような動作でお辞儀をし、それから汚れた白足袋に藁草履をはいた足を不器用に動かして廻り歩き、また立ちごまって四方に向かってピョンピョンと跳ねてみせた。

「わにゃ、わにゃ」というような、静かなざわめきをともなった空気の振動が、章の皮膚に伝わってきた。それは踊り手のまわりをとり囲んでいる村の人間たちのかもし出すものらしかった。もう死人となってしまった章の眼に、彼等はうつらないのであった。紙の帽子をかぶった踊子だけが判然と見えるのであった。深い安堵の思いが、再び彼の胸をひたした。

「デンデコ、デンデコ」

緑の手甲をはめ、白い紙の花帽子をかぶり、剝げた媼《おうな》の面をつけた青年が、壊れかけた鈴と半開きの白扇を持って、四方にお辞儀をし、それからまたピョン、ピョンと跳ねはじめた。黄色い縞《しま》の着物の腹の部分を妊婦のように膨らませ、そのうえに古ぼけたメリンスの赤い前掛けをしめ、合間に腹を撫で、それからまた仰向くような仕種をくりかえしていた。肩から脇に太い藁束をまいて、柴の束を手に持った青年が、股を高くはねあげてそのまわりをまわり、あいまに滑稽な身振りで相手の腹にさわった。

「厭だよう、わっちら」

とハルが云った。

ああ、これだ、と彼は思った。これが俺の後悔と不幸のはじまりだったのだ。こういう無邪気で単純なものが、いったん俺の身体のなかに入りこむと、羞恥と罪に満ちた陰気で汚い塊に変化してしまったのだ。濁った池の水面と底との中間にブョブョと固まって浮いている原油のように、いつも揺れて、そのくせ沈澱もせず浮きあがりもせず、一生のあいだ俺を刺戟しつづけ、苦しめつづけて来た。

こまかい雨が降りだしていた。章の立っている堂のまわり縁の外側に、黄色い小粒の花を、細枝いっぱいにつけた数本の連翹の木が、重そうに頭を傾けてならんでいた。花のひとつひとつが霧雨にまぶされたまま、裏側から射す祭提灯《ぢようちん》の淡い逆光にうつし出されて輝いて見えた。

もういい。もう済んでしまった、と章は思った。父がふりかえって

「章、甘酒を飲みに行かずよ」

と云った。

「お前もはあくたぶれつら」

彼等は堂の下に降り、御手洗の前にならべて置かれた二個の大きな馬穴のなかから、奉納の甘酒をブリキの杓でくみだして、替る替る飲んだ。麴の香に満ちた熱い甘酒が、章のガラン洞の内臓をごろごろと下って行った。

「くたぶれつら」

と兄が云った。

「うん」

と章はうなずいた。

そして彼等はまた一団となって、背中にヒョンドリの太鼓の音を聞きながら、墓場にむかって帰って行った。

「デンデコ、デコデコ。デンデコ、デコデコ」

お供え

吉田知子

今日もあるだろう。あるに違いない。ないわけはない。それでも、もしかしたらないかも知れない。

私は玄関の戸をあけて庭を眺めた。三十坪の庭に雑然と木が茂っている。山の木が多い。楠、ナラ、ブナ、山法師、ソヨゴ、エゴの木、モチ、山桃。西南の角には柿の木が二本。ここからでは道は見えない。柿の木と生垣の向う側、道に面したところ。今朝もそこにそれがおかれているはずだった。玄関からでは木々の繁みにさえぎられて柿さえよく見えないのに、私はその方向を睨んだ。見たくない。今日はありませんように。

玄関を出ると正面に隣家のブロック塀が見える。そこから西へ曲って生垣沿いに歩いて行くと自動車道へ出る。家の西側が道なのだから、わざわざ敷地の東と南の二辺をぐるぐる廻って道路に出ることになる。この生垣や私道がなければ道からすぐに出入りできるし、庭もずっと広くなるだろう。こういう設計をしたのは夫だった。「カドへ立ったとき、家の中がすべて見えてしまうのはよくない家だ」「出入りする場所は必ず南からでなければならない」という信条があって、それは彼にとって絶対最優先の条件なのだった。カドというのは敷地の入口のことで、うちの場合、隣家のブロック塀とうちの生垣との間の二メートル幅のところである。

見まいとしても、そこに目がいく。槙《まき》の生垣の裾のあたり、ブロックの角のあたり。ある。ないはずがない。生垣の下の方、枝のすいているところにアマドコロと山吹。ブロック塀のほうにはイチハツ。いずれもジュースの空缶にさしてある。昨日はツツジと名前を知らぬ紫の小さな花だった。どう見ても遺族が交通事故の現場に捧げた花に見える。しかし、最近うちの前で人が死ぬような大事件はおこっていない。最近ごころか、ここへ住んでからの二十年間一度もない。この近辺でも事故がおこったことはない。家の前の細い道は曲りくねっていて、五十メートル南で交通量の多い大通りへ出る。軽い接触事故くらいはあっても、こんな道でスピードを出す人はいないのだ。大体、こういう花というものは道の片隅の邪魔にならぬところに、ひっそりと慎ましやかにおくものではなかろうか。それは、まるで門松のようにうちのカドの両側においてある。真ん中に二つ並べておいてある日もあった。誰がそんなことをするのだろう。

最初に見たときは不快になってすぐ捨てた。二日目も三日目も、捨てて忘れてしまおうとした。花は生ゴミのバケツにいれ、空缶は不燃物の袋へいれて、それでおしまいなのだ。一度そのことを口に出したら本物になってしまいそうないやな予感がした。

だから、安西さんにも、そのことは言わなかった。安西さんは月に三回くらい内職の材料を持ってきて、その代りに完成品を持っていく。二十日も来なかったりすることもあるし、用事だけすませてそそくさと帰る日もあったが、大抵は坐りこんで小一時間話していく。三十を少し過ぎただけの安西さんが私と話して面白いはずがないので、それは義兄のさしがねかも知れない。私は夫の死後、数年、夫の兄の会社で使ってもらい、いまは家で内職をさせてもらっている。貸してある土地からの収入もあるし、内職などしなくても困りはしないが、義兄に頼まれてやっている。安西さんは背が低い。色が黒く、丸顔で物の言いかたや動作が男らしく精悍だった。そのくせ細かいところにもよく気がつく。彼に何か心配ごとがあるのではないかと聞かれたときは、つい花のことを言いそうになった。

花をおくのは朝だということには間違いない。それも早朝。早起きして七時に見に行ったら、もうおいてあったから。朝の忙しい時間にそんなことをするということは、ただのいたずらとは思われない。

もうこうなったら見張っていて犯人を捕えるしかないと思った。昨日の朝、私は目覚まし時計を六時にかけておき、目がさめるとすぐに服を着て外へ出た。六時なのに冬のように暗くて電灯をつけなければならなかった。外へ出ると雨が降っていた。雨の日にも花がおいてあっただろうか。花がおいてあったのはいつからだったろう。その間ずっと晴れだったかどうか。とにかく、そのつもりで起きたのだから見張ることにした。外へ出たら小寒かったので、また家の中に戻って長袖のシャツを出した。ついでに思いついて木の丸椅子を持ってきた。カドには、まだ花はおいてなかった。傘をさし、椅子に腰かけて待った。初めのうちは、ときたま自動車が通るだけだった。七時近くなってぼつぼつ通勤者の姿が増えてきた。足早に前だけ見て通り過ぎる人もいれば、不審そうにじっくりと私を眺めていく中年女もいる。誰も花なんか持っていない。

七時半。バイクが目の前で止ったので傘をあげると安西さんだった。そんな所で何をしているんですか、と聞かれたので、しかたなく花のことを話した。

「そんなの、子供のいたずらに決まってるじゃないですか。それとも、おばさんのファンかな。花をもらって怒るなんて、おかしいよ」

安西さんの話し方は丁寧になったり、急にぞんざいになったりする。

「でも、私はいやなのよ。止めてほしいの、もう、こんなこと」

「そんなにキリキリすることないと思うけどなあ。別に実害があるわけじゃないんだし。第一、なんて言うつもりなんです、そいつをみつけたら。毎日お花有難うしかないでしょうが。それに、そんなとこにずっといたら風邪引くよ」

わかったわ、もう家に入るわ、そんなことよりあなたこそ早く行かないと会社に遅刻するわよ、と私は彼をせかした。彼にそこへ立っていられると迷惑だった。この間にも犯人が逃げてしまうかも知れないではないか。

安西さんがうちの前を通って通勤しているとは知らなかった。引越したのだろうか。方角違いのはずだが。子供のいたずらだなんて。私もそうかと思ったこともあったが、子供は朝は忙しいのだ。そんなことをするわけがない。私は彼の言葉を一々思い出して腹を立てた。花をもらうといっても、通りすがりのよその庭のをむしってきたような花なのだ。そんなものをもらって嬉しい人がいるだろうか。安西さんは、とうに行ってしまったのに私はまだ口の中でぶつぶつ言いながら怒った。雨は小降りになり、空が明るくなってきた。私は尿意をこらえながら、なお坐り続けていた。バス通学の高校生たちが傘のかげからちらちらと私を見て行く。朝から賑やかな小学生たち。

本当にどうするのだろう、犯人をみつけたら。安西さんがあんなことを言わなければ私は怒鳴りつけただろう。どうしてそんなことをするんですか、私に何か恨みでもあるんですか、警察へ訴えてやるから、とまくしたてただろう。考えてみれば他人の家の門口へ花をおくのは別に犯罪ではないのだ。たしかに彼の言うように実害はないのだし。

「そりゃあ、ベランダをつければ雨漏りするに決まってるわさ」

大声が道の角を曲ってくる。彼らは大通りから逆にこの細い道へ入ってきた。

「だめだめ、簡易ベランダでも漏る。はなっから設計してつけたものでも漏る。あんなもの、いいわけがあらすかね」

老婆ばかりの四人連れは湖の傍の老人保養センターへ行くのだろう。

わしもそう言っただけごねえ、と背の低い一人が口ごもりながら私を見る。残りの三人もいっせいに私をみつめた。ほとんど立ち止っている。

「ベランダでビール飲むとか言ったって、たまに蒲団干しに行くくらいでさ、ビール飲んだことなんかないだに」

私のまん前に立って顔を見ながら言ったので、まるで私に話しかけているようだった。

私は自分の顔が赤くなるのを感じた。

「ベランダをつけたり外したり、何十万だわ」

「なに言ってるだよ、何十万なんてもんじゃない、百万の余だわさ」

私を見ながら口々にそんなことを言い、それから何事もなかったように向きを変えて再びゆっくり歩き始める。

私は吐息をつき、頬を撫でた。もう雨は落ちていない。老婆たちは傘をさしていなかった。私だけ傘をさし、道より十センチ高い門口に丸椅子をおいて腰かけていたのだ。いったいどう思ったろう。花をおくのは子供ではなくて年寄りかも知れない。急にばかばかしくなった。安西さんの言う通りだ、花なんかどうでもいいではないか。

昼過ぎにスーパーへ行くときも花はなかった。夕方また見に行ったが、そのときも花はおいてなかった。私が見張っていたから花をおかなかったのだ。私の意志がわかったのだから中止してくれるだろう。いや、しつっこくまた持ってくるだろうか。今朝、起きてそれをたしかめるのがおそろしかった。しかし、見ないわけにはいかない。

イチハツは萎れかけ、山吹にはボケた白花が二つまじっている、紫と白と黄。汚かった。こんな汚いものに触りたくなかった。私は、いやいや錆びた缶を指先でつまみあげた。ふと、もしそのままにしておいたらどうだろうと考えた。明日から毎日小さな花が増えていって、カドから玄関までずらっと並ぶことになるのだろうか。まるで超小型の葬式の花輪のように。

次の日、ためしに花をそのままにしておいた。幸い、その日の花はピラカンサスで、あまり目立たない。それでも、花をそのまま自分の家のカドにおいておくということは私にとっては大変な苦痛だった。近隣の家と比較してうちだけ異常に見えるだろう。花と花の間に見えない線が張られていて、私がそこを出入りする度に両側の湿った小さな花から変な呪縛を受けているような気がする。うちの中にいても花が見えた。見えない塊が家のあちこちに澱んでいる。建ててからまだ三十年しかたっていないのに、この家は三百年もたっているように古びて暗い。いつもは、あまりに大げさなので一人でくすくす笑いながら見るテレビの怪奇映画も黙って見ている。血みどろのゾンビーが墓場から次々に立ち上るシーン。どうしてここで笑ったのだろう。何もおかしくなかった。こわくもないが面白くもない。夜中、強い風の音にめざめ、夢うつつのうちに、あの花をさした缶が倒れているのを見た。

花は増えはしなかった。そのままだった。缶も倒れてはいなかった。新しい花が増えないのは私が片付けないせいかどうかよくわからない。ピラカンサスの枝には直径五ミリほどの白い玉が無数についていて、私はそれを花だと思っていたが、よく見るとそれはつぼみで、それから五弁の花が咲いた。この木は五百メートル離れたところにある大きなマンションの周囲に垣根代りにたくさん植えられている。手入れする人がないのか、たわんで倒れかけている木も何本かあった。やがてそれに黄色味を帯びた赤い実がぎっしりとみのる。トゲのある枝も、だらしない樹形も私は嫌いだった。鳥が持ってくるのか、うちの庭にも時々ピラカンサスがはえる。庭の隅で知らない間に思いがけず大きく生長していることの木を抜くのはほねだった。トゲに刺されないように用心していても何度もとびあがらねばならない。しかし、槙の生垣の下枝のかげでかすんだ白い塊のように見える花は、そう悪くもなかった。

夕方、庭の草取りをしていた。庭の木はどの木も毎年花を咲かせ、一面に種をふりまくが、芽が出るのは年によって違うらしかった。数年前、雪柳の芽がいっせいに出たことがある。初めは草かと思っていた。毎週のように草をとっているのに、どうしてそんなにはえるのかわけがわからなかった。よくよく眺めて、ようやく雪柳だと知ったのだった。今年は楓の当り年のようで奥のほうに何十本もはえている。百本以上かも知れない。楓なら盆栽にもなるし貰い手もあるだろうと抜かないでおいた。うちの楓を買うときは苦労したのだ。こういう普通の山紅葉は庭屋は扱わないそうで、血染め楓やら糸紅葉やら変ったのばかりをすすめられるのを夫が頑張り通したのだった。それにしても庭の奥がすべて楓になってしまうのもどうかと思い、半分抜くつもりだった。やり始めてみると楓の芽ばかりではなく、半分雑草がまじっていた。楓の親木は縁先にあるが、その下にははえず、大きなハトモチの木の下のほうに群生している。暗く湿った槙の生垣の周辺にも多い。ついでに水仙の球根を掘りあげて干したり、スグリの親枝を刈ったり、枯れて落ちた枝を片付けたり、庭にはすることがいくらでもある。生垣の向う側の道を時々人が通る。小学生の一団が通ったときは耳がおかしくなるほどのやかましさだった。口々に叫んでいるので遠くからでも彼らが近づいてくるのがわかる。生垣の木のすいているところから覗いてみると、生徒とたいして背丈のかわらない小さな男の先生が折り畳み傘をふりかざして前を走っている男の子の頭を叩くのが見えた。

子供たちが通り過ぎてしばらくしてから、私は何か気配を感じた。そのときは道に背を向けていたし、茂みの深いところなので見えるはずもないのに、背後の道を何かがふわふわと宙に浮いて通って行くのを感じた。私はふり返った。いる。たしかにその「何か」が私の家のカドで立ち止り、そこへかがんで何かしている。とっさにそう感じたので私は立ち上って走り出した。生垣をぐるぐる廻ってカドへ出て、カドの生垣の左右を見た。そこには白い小さな旗が立っていた。道へ出ると若い女の後姿が見えたので急いで追い掛けた。

「ちょっと待って。あなただったのね。とうとうつかまえたわ」

ふりむいた女は若くはなかった。瘦せていてブラウスにスカートという服装だったので若く見えたのだろう。なんですか、と晒したように白い顔で言った。眉も薄く、顔の真ん中に目鼻が小さくまとまっている。

「いま、うちのカドに旗立てたの、あなたでしょ。毎朝花を持ってくるのもあなたね。ちゃんと知ってるんだから。どういう気なんですか、いったい」

「わたし、何もしませんけど」

五十少し前かと思われる女は、私の権幕にたじろいでいるようすはなかった。怒るのでも咎めるのでもなく、ただ真面目に私の次の言葉を待っている。

「本当にあなたじゃないというの」

女が頷くのを見ると私は自信がなくなった。私が生垣のまわりを廻って走っている間に犯人は逃げ去って、そのあとへこの人が通りかかったのかも知れない。私が、ごめんなさい、間違えました、と謝ると、女は全然表情を変えずに軽く頭をさげて立ち去った。その女の顔に見覚えがあった。二丁目と共同で公園の草取りをしたとき、彼女も来ていた。一本ずつ丁寧に抜いているのを見て隣りの奥さんが「あれじゃあ一年かかっても終らんね」と悪口を言った。

女は何も聞き返さずに、道の向う側のバス停へ歩いて行った。その漂うような歩き方は、たしかにあの「気配」に似ていた。

今度は旗か。うんざりして私は旗を眺めた。割り箸に白い紙を貼りつけただけかと思っていたが、割り箸よりはだいぶ長い。旗も紙ではなく布で、小さいながら乳《ち》までついた本格的なものだった。もちろんカドの両側に二本立っている。しかも意外に深くしっかりと地面に刺しこんであった。指先で軽く引っ張っただけでは抜けない。そうするとやはり彼女の仕業ではなかったのか。昼過ぎの二時という時間も半端だった。朝からあったのに気がつかなかったのかも知れない。今朝はカドへ見に行ってなかったから。花も、もう捨てよう。一旦花をつかんだ手を私は放した。たしかに前はジュースの空缶だったのに瓶に変っている。花も違う。同じピラカンサスだが、前に見たときは、もうあらかた開花して葉も乾ききっていたのに、今さしてあるのはつぼみばかりになっている。毎朝入れ替えていたのだ。確実に何かが進んでいく。

腹が立った。ここへ頑丈な鉄の扉をつけようか。電気鉄条網を張ってやる。ガラスのカケラを撒いて近づけないようにしようか。

だが、それらは泥棒や侵入者を防ぐ役にはたっても、この犯人には関係ないだろう。うちのカドがあるかぎり、犯人はそこへ花をおき、旗を立てるだろう。

再び毎朝花を捨てるのが私の日課になった。それを忘れた日や、泊りがけで実家の法事に出席した日は旗も花も倍になった。花は、もうそのへんから摘んできた花ではなかった。胡蝶蘭、ケシ、トルコキキョウ、薔薇といった高級な花である。花瓶も竹筒や陶壺に変った。日によっては花束だけのこともあった。相手は花屋なのかも知れない。それにしては旗が解せないが。

隣りの奥さんが回覧板を持って来たときや、安西さんが来たときは、その花を持って行ってもらった。誰も来ないと捨てた。飾っておく気にはなれない。花をもらうと皆喜んで同じことを言う。

まあ、いいわね、一か月以上もですって。きっと奥さんに恋している男がいるのよ、そう思っていれば楽しいじゃないの。旗だってファンレターのつもりなんですよ。そんな深刻なことではないでしょう。いつか飽きるでしょうしね、向うさんも。

朝、張りこんだことも何回かあるが、その日は花を持って来ない。どこかで私がカドにいるのを見ているのだ。うちの前の道は曲っているので見通しがきかない。まっすぐな道なら花を持って歩いていれば遠くからでもわかるのに。

法事で実家へ帰った折り、母にその話をしたら、一度おはらいしてもらったらどうかと言った。母の口からそんな言葉が出たので私は驚いた。母は無信心で方位とか日のことなど全然考えたこともない人だと思っていたのだ。

「おはらいってのは、悪いことが続いたりするとしてもらうものじゃないの。私はそうじゃないんだから。第一、お母さんがそんなこと言うなんて変よ、変だわ」

私の声が高かったので母はちょっと顔をしかめた。

「でも、それはそういう類のことなんだと思うよ。あんたに問題があるのよ」

結局、全部そういうことになる。旅行中に肺炎になっても、夫婦喧嘩して実家へ戻っても、建ててすぐの家が雨漏りしても、母はそう言った。

「見張ってると来ないんだから、たちが悪いの。もうノイローゼになりそう」

おはらいしてもらいなさい、と母はくり返した。それで悪い花がいい花になる。あんた、そういえばこの前会ったときよりずいぶん痩せて顔色悪いよ。そんなことにこだわっているからだよ。

考えてみると、花のことを冗談にせずに私の不快をまともに受けとってくれたのは母だけなのだった。

「ねえ、おはらいって誰にしてもらうのよ。神主さんかしら」

「そういうもんは駄目だわ、神主じゃあ」

それまで何も言わなかった志村のばあさまが急に口を挟んだ。

「そういうのは、それ専門の人がいるだてね。たしか倉見新田の方にいたったよ。わしが聞いといてやらすかのう」

母は自分からおはらいと言ったくせに、それについて何の経験も知識もなかったので、私はとりあえず志村のばあさまに頼んでおいた。しかし、それきり忘れたのか志村のばあさまからは何も言ってこない。私のほうも催促するほどの気もなかった。


花をおいて行く時間は決っていなかった。早朝には違いないにしても、朝起きてすぐ見に行くと、ない日とある日とある。七時になってもないので今日は休みかと思うと、二度目に行くとある。次第に新聞や郵便物を取りこむのと同じになった。もっとも、それらは玄関の郵便受けまで持ってきてくれるのに花はカドまで行かなければならないから多少面倒くさい。

一日中誰も来ない日もあった。たて続けに電話や客のある日もあった。保険や物売り、葬式の月掛けの勧誘。隣り町に教会のある大日キリスト教は月に二回は廻ってくる。

知らない男が玄関に立っていたときは、それに違いないと思った。

こちらに神様がいらっしゃるでしょう、と言う。

大日の人は若い人が多いのに、その男は六十前後だった。古びて色あせた背広を着ている。大日の人は大抵「今日はよいお話をします」とか「奉仕にうかがいました」「あなたは満足していますか」などと言う。玄関払いを受けないように佐藤とか山本とか普通の訪問客をよそおっている。いきなり「神様」ということはまずない。しかし、大日ではないにしてもなにかの宗教であることはたしかだから私は警戒して黙っていた。

「いらっしゃるんでしょう。隠さないでください。わかっているんです」

いると言っても、いないと言っても、彼はたちまちその言葉にくらいついてくるに違いなかった。

疑い深そうな奥目、頑固にしまった口。口は唇というものがなくて、ただ一本の横線だった。損得のことしか考えたことのない人種に見える。

「どうしてそんなことを考えるんです。誰かがあなたにそう言うんですか」

男はそれには答えずに自分は横田から出てきたのだと言った。横田といえば、山のほうの半分ダムの底に沈んだ村だ。そこからここまではバスを乗り継いでも小半日かかるだろう。

「若い頃はこっちで商売していたから大体の地理はわかっているで。ここいらかいなあと思って聞いてみたら道を教えてくれてね」

「教えるって、誰が」

「だから、そのへんの人ですんね。何回も聞いたで。わしはカンのいいほうじゃないから。カンがよけりゃあ商売だって止めずにすんだですよ」

男は今朝暗いうちに起きて自分で打ったという蕎麦を風呂敷から取り出し、噂は本当だとわかったから、この次はみんなも連れてくる、と言った。

その日は、もう一人男の訪問客があった。その男は三か月前にも一度来たことがある。小柄な角ばった顔の四十五くらいの男で銀縁眼鏡をかけている。

市役所の牧ですが、と言ったので、そうだったと思いだした。何かよくわからない課の課長で私のことを根掘り葉掘り聞いた。一人暮らしの人を全員そうやって調査しているという。係累は、子供は、仕事、収入、財産、いつからここに住んでいるか、その前は、土地や家は自分の名義なのか、死後は誰のものになるか、親類づきあい、親しい友人は誰か、よく旅行するか、派手好きか、出かけることは多いか、何かの会に入っているか、趣味、一日の生活のしかた、健康状態、持病はないか、亡夫の菩提寺はどこか、そこへおまいりする頻度、気は強いほうか、死にたいと思ったことはないか、宗教は何か、信心しているか、すすめられたらどこかの宗教に入る気があるか、生活費以外にはどんなことにお金を使っているか、困ったときはどうするか。手あたり次第、思いつくままに質問してくる。別に隠すこともないので答えると、時々手帳に何か書きこんでいる。

「こんなことを聞いてどうするんですか」

いざという時のためです、と牧は言った。一人暮らしの人の事故率は極めて高い、独居老人ばかりでなく、女子大生が殺されたり、犯罪者が隠れ住んでいたりする。こういう調査は事故や犯罪を未然に阻止する手段として極めて有意義なのであります。

「わかりました。あなたのような方は、一見おだやかで平凡そうに見えるが実は稀に見るほど強い人なのですよ。家族も仕事も友達も趣味もなく、外出も旅行も嫌い。それにもかかわらず毎日少しも退屈せずに満足して暮らしておられる。理想的一人暮らしといえますな」

別に満足しているわけではないけど、と私は言った。といって不満ということもない。

他の暮らしはしたくなかった。こういう暮らししかできない、ということかも知れない。

「今日もまた調査ですか」

私がそう言うと牧は顔をあおむけてアハハと笑った。

「調査だけが能というわけでもありませんので。先日は何かあればすぐにそれに対応できるようにいろいろうかがったわけでして。しかし、問題はないようですな。お元気そうで何よりです」

私は彼を客間へ通した。この前の時は二時間も玄関先で話したのだ。牧にカドの花のことを言おうかどうしようかと私は迷っていた。それは「問題」というようなものだろうか。大したことではないのですが、と私は言った。牧は眼鏡の奥の目を輝かせて、ホウ、と身を乗りだした。私が花や旗のことを話すと一々頷いて聞いてくれた。

「困ったことですね。そういうのは軽犯罪にも家宅侵入にもならんでしょうし。どうしたものですかなあ」

そんなに気にしているわけではない、と私は言った。牧の話しかたは静かで正確だった。決して無作法な慣れ慣れしい言葉遣いはしないし、早口になったり大声を出すこともない。声もうるおいのあるいい声だった。いかにも頼りがいのある有能な官吏らしい彼と話していると自分がつまらぬ相談をしているのがわかった。私は彼にその話をしたのを少し後悔した。

「郵便受けに百万入っていたというようなことなら警察へ届けることもできるが、花では取り合ってくれないでしょうなあ」

「もういいんですよ。本当に大したことじゃないんですから。そのうち終るでしょうし」

そうです。牧は教師が小学生に言うように言った。

「気にしないことが一番です。また何かあったら私の名刺の電話番号に電話すること。いいですね。名刺はこの前さしあげたでしょう。持ってますね」

蕗の葉の上に行儀よくお団子がのっている。誰かの忘れもののように。そのままにしておいたら夕方はお団子がなくなって、ちぎれた葉だけが散らばっていた。蕗の葉がおいてあるのは毎日ではない。キーウイ、焼魚、まんじゅう、お煮しめと、のっている物も変る。この道は犬を連れて散歩する人が何人も通るし、野良猫も多い。道ばたにじかにおかれた食べものは、たちまち犬や猫が食い散らかし、私はいつもそのあと片付けをしなければならなかった。やっぱりカドの方位が悪いのかも知れない。おはらいのことを思い出して志村のばあさまのところへ電話したが電話には誰も出ない。母に電話してたしかめたら脳の血管が切れてずっと入院しているそうだと教えてくれた。電話の母の声はなんだかよそよそしかった。私が変なおじいさんのことや蕗の葉団子のことを訴えても、まるでとりあってくれない。有難いことだねえ、と同じ言葉ばかりくり返している。

蕗の葉の上に石ころがのっているのを見たときは猛烈に腹がたった。食べものより石のほうが始末がいいはずなのに。いいように馬鹿にされている。私は思いきり力をいれて石を向い側のごぶへ蹴とばした。

朝から東側の空地で鋭い金属音がひっきりなしに甲高い音をたてている。そこは、二百坪ほどの空地だった。うちの敷地より二メートル以上低くなっている。何年か前、セイタカアワダチソウの最盛期のときには二メートルの段差をものともせず黄色い花穂がうちの庭の端にずらりと並んだものだった。その後も葛やらススキやら茂りほうだいで足を踏みいれることもできぬ深いくさむらになっている。この金属音は、おおかた草刈り機の音だろうと見当をつけた。ここの地主はこの近辺の農家だと聞いているが滅多に姿を現わさない。草を刈るのは二年に一回くらいのものだから、それでは到底役にはたたず、いつ見てもぎっしりと草がはえている。このへん一帯は二十数年前までは急斜面の痩せた山林だったという。区画整理して宅地にしても、持ち主の多くは近くの農家の人であるから売らずにそのままにしてある。

私たちが家を建てるとき、西は道で、南と北には既に家が建っていた。あいているのは東側だけで、しかもそちらはここより低く、見晴らしもよかったから、そちら側を主体に考えて家を設計した。東端の居間と台所に大きな窓と広縁をつけた。地境は四つ目垣にし、三メートル弱の細長い東庭に、紫陽花、南天、ツツジなど、あまり背の高くならない灌木を植えた。そして夫の生きている頃から私は一日の大半を明るい居間か台所のどちらかで過してきた。建てたばかりのときは、そこから下を眺めるのが楽しみだった。はるか下に神社の森や川岸の竹が見え、春の朝は小綬鶏《こじゅけい》が鳴き、昼は田圃の蛙がやかましく、夜になると牛蛙がボウボウと吠えた。そのうち、それはパチンコ屋のネオンや病院の看板に隠され、赤や白やグリーンのマンションがいくつも建てられた。眺めは悪くなったが、それでもすぐ下に空地があるから、別にうっとうしいということはなかった。その空地にもマンションが建てられるという話が伝わって緊張したのは何年前だったろうか。それもいつの間にか立ち消えになったらしい。マンションを建てる気なら草刈りなんかせずにいきなりショベルカーで整地するだろうから、私は安心してその大きな音を聞いていた。

髪を梳かしながら久しぶりにデパートへ行こうかと思った。ホウロクが欠けたので新しく買わなければならない。今年は、まだ一回もお墓へ行ってないことも思い出した。お彼岸にも行かなかった。去年までは正月にもお彼岸にもおまいりに行っていたのに。お彼岸はたしか風邪を引いていたのだ。治ったらすぐ行こうと思っていたのに今まで忘れていた。十三回忌がすむと急に夫と距離ができてしまったような気がする。向うも、もう私のことを思い出すことはないのだろう。夢も見ない。夫婦の間はそんなものかもしれない。母も自分の父親の墓へは年に数回行くのに夫のほうは寺が遠いこともあって数年に一度行くかどうかだった。そうだ、今日は天気もいいからデパートへ行ったら柏餅を買って母のほうへ回ろう。墓まいりはもう少しあとでもいい。お寺の坊さんに挨拶するのが苦手で億劫だった。そういうとき持っていくものは、お金なのか物なのか、物なら何がいいのかよくわからないし、なんと言ったらいいのかもわからない。顎が細くて強い近眼の坊さんも、あまり社交的な人ではなくて具合悪そうに視線をそらして他を見ているので尚更話しにくかった。

蕪の浅漬と夕べの残りのキンピラで朝食をすませてから門口の掃除をした。もう慣れたので機械的にさっさと処理する。その頃からなんだか騒がしくなってきた。大勢の人の声のようだった。大声というわけではないが、ざわざわと厚みのある騒音だ。

台所の窓から見ると南天の葉越しに人がたくさんいるのが見えた。草を刈ったあとの掃除をしている。皆でゴミを拾っている。空缶、ビニール袋、布きれ、ダンボール箱、電気釜、こわれた自転車まで捨てられている。草が茂っていたのでここへ捨てて行く人が多かったのだろう。二十人くらいの人がせっせとそれを拾い集め、一方では、まだ草刈り機が轟音をたてている。おはようございます、と言って空地に入ってくる人も何人かいた。今日はこの町の草取りの日ではないし、第一、この空地は個人のものなのに、どういう人たちなのだろう。私は庭下駄をはき、紫陽花のかげに身を屈めて空地を覗いてみた。台所の窓からでは見えなかったが、うちに接した崖の下に竹をたててシメ縄を張って祭壇の用意ができていた。地鎮祭らしい。やはりここに何かを建てる気なのだ。それにしては人間が多すぎる。見ているうちにもどんどん人の数が増える。私の家のほうを見上げたり指さしたりして話し合っている人たちもいる。サラリーマン風、主婦、職人みたいな恰好の人、いま着いたバンから降りてきた七、八人の老人たち。いったい何を建てるというのだろう。何かの集会だろうか。うちの地鎮祭のときは私たち夫婦と神主さん、工務店から二人の総勢五人だった。寒い日だった。

私は家の中へ戻った、下であんなことをやっていては出かけるわけにもいかない。南側の客間へお茶の道具を持って行って飲んだ。人々のざわめきはそこまで聞こえてきた。

「なにしてるんです」

安西さんが庭からまわってきた。

「いくら呼んでも返事がないから、どうかしたのかと思いました」

このやかましさで安西さんのバイクの音も声もなにも聞こえなかったのだ。安西さんが来るのは二十日ぶりくらいになるだろう。彼の来る頻度は義兄の会社の景気と正比例しているから、会社は、あまり好調ではないのだろう。なんにしても、こんな日に安西さんが来てくれたのは嬉しかった。私は安西さんにお茶をすすめながら言った。

「すごい騒ぎでしょ。何が建つのかしらね」

「それがですね、あまり人が多いので私もいま下へ見に行ってみたんですよ」

安西さんは曖昧な顔をした。

「変な話でしょう。あそこへ来ている人がわからないって言うんだから。それじゃあ何をしに来ているんだか、いい加減暇な人が多いよ」

あの土地とうちは背中合わせで接しているが、町も道も違うから何が建ってもつきあうことはない。

「ああ、それとも宗教かもしれません。神様の家と言っている人がいたからね」

いやな感じがした。神様などという言葉は聞きたくもない。

「うちの社長も変なものに凝っちゃってさ。蘭だかなんだか。新種作るんだって。自動車の部品の下請けよりよほどましだ、創造的だし金も入るって言ってるんですよ。もう二時か三時には、さっさと会社をぬけてってしまう。農場へ直行するんです。車で一時間のところに土地借りて温室作って。それで専務も怒って辞めちゃうし、もううちの会社潰れるんじゃないかなあ」

安西さんの話は何も頭に入らなかった。他に考えなければならぬことがある。他に。といって、なにをどう考えたらいいのかわからない。

安西さんは仕上げた物を受け取っただけで代りのものはよこさなかった。黒い管をあちこちへはめるという単純な仕事は全然面白くなかったし、工賃もお話にならぬ安さで一か月寝る間も惜しんでやっても五万にもならないから、私のほうも催促しなかった。

私がはかばかしい返事をしなかったためか、安西さんは早々に帰って行った。彼のバイクの音が聞こえなくなってから、私は安西さんの娘にあげるつもりで取っておいた天道虫の貯金箱を思い出した。以前、銀行で景品にくれたもので、あまり可愛らしいので取っておいたのだ。安西さんの娘は、三つか四つになるはずだった。彼がいる間は、なにかしっかり考えなければならぬことがあるという気がしていて、彼の黒い丸い顔が邪魔だったのに、帰ってしまうと、もうそれは漠然と拡散し、消えてしまっていた。

気がつくと静かになっている。地鎮祭が終ったらしい。私は茶碗を洗い、外出の仕度をした。銀行へも寄らなくては。郵便局で通信販売のお金を振り込まなくてはならない。そうだ、それで買った絹のブルゾン風のブラウスを着て行こう。春先の旅行にちょうどいいと思って取り寄せたのだが、考えてみれば旅行することなど滅多になかった。自分で行くほど好きではないから誰かが誘ってくれない限り出ない。誘うのは母か義姉だった。これまで年に二回か三回は二泊程度の旅をしていたのに、最近はどこへも行ったことがなかった。母も義姉ももうとしだから、それも当然かもしれない。婦人会の旅行もいつも断っていたら声がかからなくなった。あんたは人づきあいが悪いと母が言うとおりだった。うちへ来てくれる人にはできる限りのもてなしをするけれども積極的に他人とつきあうという気にはなれない。

突然、中空から音が舞い降りてきた。続いて賑やかに鈴や笛の音が降ってくる。どうやら下の空地らしいと気がついて慌てて庭下駄をひっかけ、紫陽花のかげから覗いた。青竹のまわりを舞っている人がある。祝詞をあげている男。笛、鐘、太鼓。地鎮祭の行事に似ているが、神主や巫女の恰好をしている人はない。舞っている人も若い女ではなく普通の服を着た男女だった。空地一面にペタッと敷物を敷いたように見えたのは人々の背中だった。百人はいそうだ。全員地面にひれ伏して頭も手足も見えないので色とりどりのパッチワークの敷物に見える。祝詞は何を言っているのかわからないが、ひどく熱心だった。何度もふし拝み、興奮して体中震えている。一段落すると人々は頭を上げた。皆こちらへ顔を向けているので妙な感じだった。それで終りかと思うと今度は皆が勝手に口々に何か唱えながら、またばらばらと頭を上げたり下げたりする。こんなところでなにかの宗教の集会をしているのだ、と思った。まさか毎日やる気ではないだろうが。

なかなか寝つかれなかったせいか、翌日は七時半まで目がさめなかった。さめてからも寝床でぐずぐずしていた。頭のシンが微かに痛い。寝ているうちからハタリ、ハタリという音が間欠的に聞こえていた。なんの音かわからないが音は東から聞こえてくる。雨とも違うし、雨戸の揺れる音でもない。遠くで餅つきをしているような。カタ。これは雨戸に何かの当った音だ。鶫《つぐみ》がガラス戸にぶつかったときは、もっと大きな音がした。風が強いのだろうか。そのうち音がしなくなったのでまた少しまごろみ、八時過ぎに起きた。まず雨戸をあけて庭を見たが別に変ったことはない。風もほとんどなかった。少し曇った日だった。顔を洗い、塩昆布でお茶漬けを半杯食べると、もうすることは何もなかった。どうしてだろう。寝床であの小さな軽い音を聞いていたとき、急に、「もうすることは何もない」とわかったのだった。いままでそんなふうに考えたことはなかったので、それはふしぎな感覚だった。いいことなのかどうかということもわからない。昨日まで私は七時前には起きなければならなかったし、直ちに花や旗を片付けなければならなかったし、家の中にも外にもしなければならないことが山ほどあったのだ。今日は何もない。これからはずっと何もないのだ。空が乳色に光っていた。満ち足りているわけではないが、不満でもなかった。自分が静かに溶けていくような気がした。

　私は咢紫陽花の繁りすぎている東庭を他人の庭のようにぼんやりと眺めた。紫陽花はつぼみばかりだと思っていたが、もう満開だった。一晩でそうなるはずはないから気がつかなかったのだろう。小さな点のかたまりの周囲を四弁の白い花がぎっしりと取りまいている。紫陽花のかげに白南天が自生しているのも知らなかった。紫陽花の半分ほどもない威勢の悪い白ツツジ。その葉の向う側で何か動いているものがある。下の空地に人がいた。測量か縄はりでもしているのか。見ている目の前にばらばらと石が降ってきた。下の空地からうちの庭へ石を投げいれている。どうしてそんなことをするのだろう。私は居間の縁側から庭へ出た。また小さな石がとんでくる。石ではなかった。百円玉だった。庭のあちこちに百円、五百円、十円の硬貨が落ちている。ようやく朝がたの音がこれだったのだとわかった。この音。硬貨が庭へ落ちる音だったのだ。なぜ。紫陽花のかげから覗くと、すぐ下に七、八人の中年女のグループがいて手を合わせていた。一人が財布から金を出し、せいいっぱい手を伸ばしてこちらへ投げ上げる。他の女たちは既に投げ終ったらしい。作業員風の男は帰るところだった。空地は道より高くなっているので入口が少し坂になっている。おじいさんに手を引かれてよちよちと石段を登ってくるおばあさんがいる。いつの間にか石段までできている。ここで人々の集会があったのはいつのことだったろうか。

硬貨は石垣の下や庭石の横にも落ちていた。よく見ると紙幣に硬貨を包んだものもまじっている。おさつはくしゃっと丸められているので千円札か一万円札かわからない。

何もすることはない。

私は再びそう思い、ゆっくりと家の中へ入って、機械的にお茶をいれ直し、湯飲みを南側の客間のほうへ運んで行って飲んだ。なんの味もしない。柔らかなハタリハタリという音は時々とぎれながら、思い出したようにまた続く。

電話のベルが鳴ったとき、何の音なのかわからなかった。けたたましくまがまがしい音に聞こえた。ようやく電話だとわかって受話器を取ると牧の声が聞こえてきた。

「どうしてますか」

何もしていません、と私は答えた。

「何か変ったことはありませんか」

何日か前に下の空地で何か集会があって人が何十人も集まりました。大変騒がしかった。拝んだりしていました。それから誰かがうちの庭へ金を投げこむのです。

「それで、どうするんです」

どうもしない、と私は言った。私、何もすることがなくなったんです。

駄目ですよ、と急に牧は大声を出した。

「いいですか。まずお風呂へ入るのです」

こんな朝からですか。お風呂はそう好きではありませんけど。

「私の言う通りにしてください。お風呂へ入って体の隅々までよく洗う。髪も洗うこと。出たら新しい下着と新しい服を着て、ちゃんとお化粧しなさい。口紅くらい持っているでしょう。あれば、香水もつける。そして、外へ出なさい。わかりましたか」

外って、行くところなんかないけど。

「そんなことはあんたは心配しなくてもいい。自然になるようになる。さあ、すぐ立ち上ってお湯をわかしなさい」

彼の有無を言わせぬ口調が快かった。私はハイと言って受話器をおいた。

お湯を出していると、その激しい水音にまじって東からも西からも大勢の人の声が聞こえてきた。口々に何か叫んでいるようだった。他にすることがなかったので、私は風呂場の中でお湯のたまっていくのを見ていた。

体の隅々まで洗って、髪も洗って、新しい下着と新しい服を着てお化粧する。忘れないように牧の言ったことを口に出して復唱する。

白っぽい昼間の光りの中でお風呂へ入るのは変な感じだった。天井のシミまではっきり見える。昔、一度だけ朝風呂へ入ったのを思い出した。今日と似ている。やはり念いりに時間をかけて体を洗い清めてから新しい下着を着た。あれは結婚式の日だった。

風呂から出ると押し入れから新しい下着を出した。この日のために前から上等の真新しい下着を一包みにして用意してある。新しい服というのはなかったが、一度着ただけの藤紫の服を着た。白粉を塗り、口紅をつける。鏡も見ずに、手当り次第に鏡台の上の物を顔へつけた。私はせっせと働いた。牧の言った通りに。髪がまだ濡れているので一度もかぶったことのない貰い物の帽子をかぶる。早くしなければ。よそ行きの白い靴は下駄箱の奥の方に入っていたので出すのに手間取った。まだですか、と誰かが何回も言うので、その度に、いますぐ、と返事をしながら靴を捜す。

玄関前に二、三人いた。カドは花や旗や一升瓶や箱類で通り道もなくなっている。人間もたくさんいる。彼らは私が通りいいように物をよけてくれた。

私が道へ出ると人々がざわめいた。知っている人も知らない人もいる。私は彼らにちょっと頭をさげてから歩き出した。人々は自然に私の進路を空けてくれる。肩を軽く触られた。いや、投げられた硬貨が私の体に当ったのだった。前からも後からもお金がとんでくる。私は歩き続けた。次第に人が多くなり、硬貨の数も増す。近くの人は柔らかく投げあげるが、遠い人は力をこめてぶつける。頭にゴツンと強い衝撃があった。硬貨ではない。顎に当った石が足もとに落ちる。

毎日お花をあげるのに、毎日誰かが全部捨ててしまって、と言う声がする。

背中に大きな石が当って私は前のめりに転びかけた。

小さな子供が走ってきて私のまんまえで私の顔めがけて石を投げる。ふりむくと私の後にも横にも人間の壁ができていた。私の周囲だけが丸くあいている。手を合わせている人、石を投げる人、私に触ろうとする人。皆、口々に何か言っている。ようやく「お供え」と言っているのだとわかった。

六月

三木卓

六月。深まっていく緑が町をつつみ、木々の花は胸に重苦しい芳香を放つ。空気は温かく湿っていて淀み、単調な虫の声だけがきこえてくる。そんな夜が訪れると、青年になりかけのわたしは、灯火の下で読書したり、数式を書いたりしていられなくなってしまう。なぜか、泣きだしたくなりそうな衝動をじっと押えていると、それがやがてわくわくするような期待に変っていく。

しなければならないことは沢山あるし、考えなければならないことも沢山ある。みんな幼いわたしの手にあまることばかりだ。しかし今は、時代のことも、わたし自身のこともとても考えつづけられない。わたしは、いま行くところがあって、そこへ行かなければならないのだ。そこへたどりつかないかぎり、この戦慄とも期待とも区別のつかない心のとどろきはおさまらないはずだ。しかし、そこはどこだろう。

わたしは本を伏せて、母親にも兄にも気づかれないよう、灯りをつけたままにしておき、そっと自分の自転車をとりだす。またがり走り出す。タイヤに喰いこむ砂利の音がひとしお烈しくひびくが、すぐアスファルトの街道だ。

生ぬるい風が吹きつける。空は低く垂れさがり、全体がぼんやりと微光を放っている。浮きあがってくる舗道と空のあいだを、身をひくくして疾走する。街路樹が飛び、電柱が飛ぶ。どこへ行ったらいいのかわからないが今、行くところはきまっている。この城下町の城址なのだ。そこには、かつて三重にめぐらせてある濠があった。今、完全な形でのこっているのは二番目の濠で、その濠に沿って一周する路が出来ている。わたしは、それをまわろうというのだ。

今、眼の前に高い赤煉瓦の塀があらわれた。その塀が続く。塀にしたがって進んでいくと何時の間にか、白く光った濠があらわれてくる。塀と濠にはさまった舗道を行く。塀は刑務所なのだ。濠はかなり広く、水面には水藻が一面繁殖している。今は暗いから見えないが、晴天の昼間通れば、鮮かな緑が埋めつくしているさまが見える。ボートのオールがとられて、どうしようもないほどだ。

わたしは汗ばんでいる。こうして闇のなかでペダルを踏んでいるとすこし心がやすらかな気持になれる。だれか友だちの家でも訪ねたほうがいいのだろうか？　A、B、C……友だちの顔が浮んでくる。しかし、今はそのだれの家にも行きたいとは思わない。Aのところへ行けば、外国の画集を幾冊もみせてもらえるし、Bのところへ行けば、将棋が指せる。しかし、それがなんだろう……。こうして一人で走っている〈さびしさ〉のすばらしさにくらべたら、なんて味気のないことだろう。

闇はわたしを愛撫してくれているような気がする。風は松の枝を鳴らし、足の長い雑草の上をさわさわと走りすぎる。わたしのからだは熱くて、世界にむかってひらいている。わたしはそのからだを鎮めるすべを知らない。ただ闇からの囁きに誘われて、疾走する。学校、図書館、そして役所、裁判所、教会、女子高校、そして刑務所……。かれらは闇のなかにくろぐろとうずくまっている。教会には緑色の灯がひとつ、ともっているのが見える。黒い服を着、白い頭巾をつけた美しい尼僧が膝まずいているだろうか？　裁判所には、編笠をかぶせられ、手錠をかけられた囚人たちがいるだろうか？

この町には、どこの町にもあるものがあり、どこの町にもいる人間がいる。ちがいといえば、城があることと、自転車が多いことだけだ。火葬場も公会堂も色街も病院も、花屋も美容院も、かみそりとぎ屋も今川焼屋も、みんなある。

二周、三周、四周……。空は依然厚い雲におおわれていて星ひとつ見えない。重苦しい木の花の匂いはますます濃く漂う。わたしは、わっと叫びだしたくなる衝動をおさえている。わたしは貧しくて、力がない。これからさき、どうやって生きていったらいいか見当もつかない。口では理想をかかげているけれども、そんなものが口先以上のものになりっこないことはわかっている。自分一人の救済もできないものが、どうして他者を救済できるだろう。わたしは無能だ。劣等だ。人のうしろから、そっと生きていくのが、おまえにふさわしい生きかただ。

力いっぱいペダルを踏む。こうして疾走しているうちに自転車は地を蹴って空へ舞いあがらないだろうか。わたしにとって辛い地上のくびきからのがれて、ひろびろとした夜空を飛翔《ひしょう》することは無理だろうか。あの高みにかけあがって、そこからこの町を見おろしたい。女が泣き、ミシンが鳴り、熔接の火花が閃めき、医者はだまって首を横に振る。市会で拍手が起り、座布団の上で花札が鳴り、男が車輪をまわす。きっと、みんな見えるにちがいない。わたしは、空から金平糖を一面にまいてやろう。流星雨のように……。

思わずハンドルを切り、濠からはなれる。なにもできない人間なのに、どうしてこんなに追われているのだろう？　わたしは優しいものが欲しい。それがなんだかわからないが、このさびしさを埋め、わたしに充実をもたらしてくれるものがほしい。それを探している。探さないではいられない。やめることはできない。

街路樹が大きな枝をひろげ、左右からほとんど空をおおいつくそうとしている道を走る。すばらしい。いま何時だろう？　大学に続く山ぞいの道なので、いつも薄暗い印象がつきまとっている。漢文の先生がステッキを持ってあるいていたこともあるし、荷をひっくり返してべそをかいている豆腐屋に出会ったこともある。だが今は店はみな閉めていて、人通りもまるでない、暗いトンネルだ。わたしはそのなかを走りぬけ、出口のそばにある、微かな灯りの前で停る。

そこは、戦争が終ったすぐあとにたてられたバラックの長屋店舗の一区画で、木の扉もきしみながらでないとあかない。わたしは、頭からなかへもぐりこむ。床板もぶかぶかしている店は、挽《ひ》きたてのコーヒーの芳香があふれている。わたしは片手で汗をぬぐいながら、マスターの前にすわる。

「やあ」マスターはいう。「どうだい。勉強は進むかい」

「いや」わたしはいう。「なんだかくさくさしてしまって。通りかかったから寄ったんだ」

マスターは兄のともだちだ。家にも遊びに来る。この店をやりながら通信教育で勉強を続けている。いや、いることになっている。

「コーヒー飲む？」かれが訊く。

「いや、ねむれなくなるから」わたしは断わる。「ね、センチメンタル・ジャーニー、掛けてもいいかい」

「いいとも」

七十八回転用の電蓄を音盤がまわり、女の声がきこえはじめる。青年になりかけのわたしはあごの下にこぶしをかって、聞いている。

マスターは、先客の若い男の方を振りむく。若い男はふとっていて、たくましい身体つきをしているが、貧乏ゆすりをしている。

「いいかい」マスターはかれにむかって声をひそめて話の続きをはじめる。「いいか。最初はとにかく女によろこんでみせるんだぜ。そうしてから、今のおれたちにはやっぱり無理だからなあ、おろそうよ、ってもっていくんだ。いいかい。とにかく最初はよろこんでみせるんだぜ」

レコードがとまる。薄暗い照明の下で三人は影法師のようだ。若い男がうなずく。風が吹きすぎていく。雨だ。屋根が鳴りだす。とうとう雨だ。

雛《ひな》がたり

泉鏡花

雛《ひな》――女夫雛《めおとびな》は言うもさらなり。桜雛《さくらびな》、柳雛《やなぎびな》、花菜《はなな》の雛、桃の花雛《はなびな》、白と緋《ひ》と、紫《ゆかり》の色の菫雛《すみれびな》。鄙《ひな》には、つくし、鼓草《たんぽぽ》の雛。相合傘《あいあいがさ》の春雨雛《はるさめびな》。小波《ささなみ》軽く袖《そで》で漕《こ》ぐ浅妻船《あさづまぶね》の調《しらべ》の雛。五人囃子《ごにんばやし》、官女《かんじょ》たち。ただあの狆《ちん》ひきというのだけは形も品《しな》もなくもがな。紙雛《かみひいな》、島《しま》の雛、豆雛《まめひな》、いちもん雛《びな》と数うるさえ、しおらしく可懐《なつかし》い。

黒棚《くろだな》、御厨子《みずし》、三棚《みつだな》の堆《うずたか》きは、われら町家《ちょうか》の雛壇《ひなだん》には些《ち》と打上《うちあが》り過ぎるであろう。箪《たん》笥《す》、長持《ながもち》、挟箱《はさみばこ》、金高蒔絵《きんたかまきえ》、銀金具《ぎんかなぐ》。小指ぐらいな抽斗《ひきだし》を開けると、中が紅《あか》いのも美しい。一双《いっそう》の屏風《びょうぶ》の絵は、むら消えの雪の小松に丹頂《たんちょう》の鶴、雛鶴《ひなづる》。一つは曲水《きょくすい》の群青《ぐんじょう》に桃の盃《さかずき》、絵雪洞《えぼんぼり》、桃のような灯《ひ》を点《とも》す。……ちょっと風情《ふぜい》に舞扇《まいおおぎ》。

白酒《しろざけ》入れたは、ぎやまんに、柳さくらの透模様《すきもよう》。さて、お肴《さかな》には何よけん、あわび、さだえか、かせよけん、と栄螺蛤《さざえはまぐり》が唄になり、皿の緑に浮いて出る。白魚《しらうお》よし、小鯛《こだい》よし、緋《ひ》の毛氈《もうせん》に肖《に》つかわしいのは柳鰈《やなぎがれい》というのがある。業平蜆《なりひらしじみ》、小町蝦《こまちえび》、飯蛸《いいだこ》も憎からず。どれも小さなほど愛らしく、器《うつわ》もいずれ可愛《かわい》いのほど風情《ふぜい》があって、その鯛《たい》、鰈《かれい》の並んだ処《ところ》は、雛壇の奥さながら、竜宮を視《み》るおもい。

(もしもし何処《どこ》で見た雛なんですえ。)

いや、実際六《むっ》、七歳《ななつ》ぐらいの時に覚えている。母親の雛を思うと、遥かに竜宮の、幻のような気がしてならぬ。

ふる郷《さと》も、山の彼方《かなた》に遠い。

いずれ、金目《かねめ》のものではあるまいけれども、紅糸《べにいと》で底を結えた手遊《おもちゃ》の猪口《ちょく》や、金米糖《こんぺいとう》の壺《つぼ》一つも、馬で抱《だ》き、駕籠《かご》で抱《かか》えて、長い旅路を江戸から持って行ったと思えば、千代紙《ちよがみ》の小箱に入った南京砂《なんきんずな》も、雛の前では紅玉《こうぎょく》である、緑珠《りょくしゅ》である、皆敷妙《みなしきたえ》の玉《たま》である。

北の国の三月は、まだ雪が消えないから、節句は四月にしたらしい。冬籠《ふゆごもり》の窓が開《あ》いて、軒《のき》、廂《ひさし》の雪がこいが除《と》れると、北風に轟々《ごうごう》と鳴通《なりとお》した荒海の浪の響《ひびき》も、春風の音にかわって、梅、桜、椿《つばき》、山吹《やまぶき》、桃も李《すもも》も一斉《いちどき》に開いて、女たちの眉《まゆ》、唇、裾八口《すそやつくち》の色も皆《みな》花のように、はらりと咲く。羽子《はご》も手鞠《てまり》もこの頃から。で、追羽子《おいはご》の音、手鞠の音、唄の声々《こえごえ》。

……ついて落《おと》いて、裁形《たちかた》、袖形《そでかた》、御手《おんて》に、蝶《ちょう》や……花。……

かかる折から、柳、桜、緋桃《ひもも》の小路《こみち》を、麗《うらら》かな日に徐《そっ》と通る、と霞《かすみ》を彩《いろど》る日光《ひざし》の裡《うち》に、何処《どこ》ともなく雛の影、人形の影が徜徉《さまよ》う、……

朧夜《おぼろよ》には裳《も》の紅《くれない》、袖《そで》の萌黄《もえぎ》が、色に出て遊ぶであろう。

——もうお雛様がお急ぎ。

と細い段の緋毛氈《ひもうせん》。ここで桐《きり》の箱も可懐《なつか》しそうに抱《だき》しめるように持って出て、指蓋《さしぶた》を、すっと引くと、吉野紙《よしのがみ》の霞《かすみ》の中に、お雛様とお雛様が、紅梅白梅《こうばいはくばい》の面影に、ほんのりと出て、口許《くちもと》に莞爾《にっこ》とし給《たま》う。唯見《と》て、嬉《うれ》しそうに膝に据えて、熟《じっ》と視《み》ながら、黄金《こがね》の冠《かんむり》は紫《むらさき》紐《ひも》、玉の簪《かんざし》の朱《しゅ》の紐《ゆ》を結い参らす時の、あの、若い母のその時の、面影が忘れられない。

そんなら孝行をすれば可《い》いのに――

鼠の番でもする事か。唯《ただ》台所で音のする、煎豆《いりまめ》の香《か》に小鼻を怒《いか》らせ、牡丹《ぼたん》の有平糖《あるへいとう》を狙《ねら》う事、毒のある胡蝶《こちょう》に似たりで、立姿《たちすがた》の官女《かんじょ》が捧《ささ》げた長柄《ながえ》を抜いては叱《しか》られる、お囃子《はやし》の侍烏帽子《さむらいえぼうし》をコツンと突いて、また叱られる。

ここに、小さな唐草蒔絵《からくさまきえ》の車があった。おなじ蒔絵の台を離して、轅《ながえ》をそのままに、後《うしろ》から押すと、少し軋《きし》んで毛氈の上を辷《すべ》る。それが咲乱《さきみだ》れた桜の枝を伝うようで、また、紅《くれない》の霞の浪《なみ》を漕ぐような。……そして、少しその軋む音は、幽《かすか》に、キリリ、と一種の微妙なる音楽であった。仲よしの小鳥が嘴《くちばし》を接《あわ》す時、歯の生際《はえぎわ》の嬰児《あかんぼ》が、軽焼《かるやき》をカリリと噛む時、耳を澄《すま》すと、ふとこんな音《ね》がするかと思う、――話は違うが、（ろうたけたるもの）として、（色白き児《こ》の苺《いちご》くいたる）枕《まくら》の草紙《そうし》は憎い事を言った。

わびしかるべき茎《くく》だちの浸《ひた》しもの、わけぎのぬたも蒔絵の中。惣菜《そうざい》ものの蜆《しじみ》さえ、雛の御前《おまえ》に罷出《まかんづ》れば、黒小袖《くろこそで》、浅葱《あさぎ》の襟《えり》。海のもの、山のもの。筍《たかんな》の膚《はだ》も美少年。どれも、食《くい》ものという形でなく、菜の葉に留《と》まれ蝶《ちょう》と斉《ひと》しく、弥生《やよい》の春のともだちに見える。……袖形《そでがた》の押絵細工《おしえざいく》の箸《はし》さしから、銀の振出し、という華奢《きゃしゃ》なもので、小鯛《こだい》には骨が多い、柳鰈《やなぎがれい》の御馳走《ごちそう》を思出すと、ああ、酒と煙草《たばこ》は、さるにても極りが悪い。

其角《きかく》句あり。――もごかしや雛に対して小盃《こさかずき》。

あの白酒を、ちょっと唇につけた処《ところ》は、乳《ちち》の味がしはしないかと思う……ちょっとですよ。

――構わず注《つ》ぎねえ。

なんかで、がぶがぶ遣《や》っちゃ話にならない。

金岡《かなおか》の萩《はぎ》の馬、飛騨《ひだ》の工匠《たくみ》の竜《りゅう》までもなく、電燈を消して、雪洞《ぼんぼり》の影に見参らす雛の顔は、実際、唯瞻《とみ》れば瞬《またた》きして、やがて打微笑《うちほほえ》む。人の悪い官女のじろりと横目で見るのがある。――壇の下に寝ていると、雛の話声《はなしごえ》が聞える、と小児《こども》の時に聞いたのを、私は今も疑いたくない。

で、家中《かちゅう》が寝静まると、何処《どこ》か一ケ所、小屏風《こびょうぶ》が、鶴の羽に桃を敷いて、すッと廻ろうも知れぬ。……御睦《おんむつ》ましさにつけても、壇に、余り人形の数の多いのは風情《ふぜい》がなかろう。

但し、多いにも、少いにも、今私は、雛らしいものを殆ど持たぬ。母が大事にしたのは、母がなくなって後《のち》、町に大火があって皆焼けたのである。一度持出したとも聞くが、混雑に紛《まぎ》れて行方を知らない。あれほど気を入れていたのであるから、大方は例の車に乗って、雛たち、火を免れたのであろう、と思っている。

その後こういう事があった。

なおそれから十二、三年を過ぎてである。

逗子《ずし》にいた時、静岡の町の光景《さま》が見たくって、三月の中《なか》ばと思う。一度彼処《あすこ》へ旅をした。浅間《せんげん》の社《やしろ》で、釜《かま》で甘酒を売る茶店へ休んだ時、鳩と一所《いっしょ》に日南《ひなた》ぼっこをする婆さんに、阿《あ》部川《べかわ》の川原《かわら》で、桜の頃は土地の人が、毛氈に重詰《じゅうづめ》もので、花の酒宴《さかもり》をする、と言うのを聞いた。――阿部川の道を訊《たず》ねたについてである。――都路《みやこじ》の唄につけても、此処《ここ》を府中《ふちゅう》と覚えた身には、静岡へ来て阿部川餅《もち》を知らないでは済まぬ気がする。これを、おかしなものの異名だなぞと思われては困る。確かに、豆粉《きなこ》をまぶした餅である。

賤機山《しずはたやま》、浅間《せんげん》を吹降《ふきおろ》す風の強い、寒い日で。寂しい屋敷町を抜けたり、大川《おおかわ》の堤防《どて》を伝ったりして阿部川の橋の袂《たもと》へ出て、俥《くるま》は一軒の餅屋へ入った。

色白で、赤い半襟《はんえり》をした、人柄《ひとがら》な島田《しまだ》の娘が唯《ただ》一人で店にいた。

――これが、名代《なだい》の阿部川だね、一盆おくれ。――

と精々喜多八《きだはち》の気分を漾《ただよ》わせて、突出《つきだ》し店の硝子戸《がらすど》の中に飾った、五つばかり装ってある朱の盆へ、突如《いきなり》立って手を掛けると、娘が、まあ、と言った。

——あら、看板ですわ——

いや、正《しょう》のものの膝栗毛《ひざくりげ》で、聊《いささ》か気分なるものを漾《ただよ》わせ過ぎた形がある。が、此処《ここ》で早速頬張《ほおば》って、吸子《きびしょ》の手酌《てじゃく》で飲《や》った処《ところ》は、我ながら頼母《たのも》しい。

ふと小用場《こようば》を借りたくなった。

中戸《なかど》を開けて、土間をずッと奥へ、という娘《ねえ》さんの指図に任せて、古くて大きいその中戸を開けると、妙な建方《たてかた》、すぐに壁で、壁の窓からむこう土間の台所が見えながら、穴を抜けたように鉤《かぎ》の手に一つ曲って、暗い処をふっと出ると、上框《あがりかまち》に縁《えん》がついた、吃驚《びっくり》するほど広々とした茶の間。大々《だいだい》と炉《いろり》が切ってある。見事な事は、大名の一《ひと》たてぐらいは、楽に休めたろうと思う。薄暗い、古畳。寂《せき》として人気《ひとけ》がない。……猫もおらぬ。炉《ろ》に火の気もなく、茶釜も見えぬ。

遠くで、内井戸《うちいど》の水の音が水底《みなそこ》へ響いてポタン、と鳴る。不思議に風が留《や》んで寂寞《ひっそり》した。

見上げた破風口《はふぐち》は峠ほど高し、とぼんと野原へ出たような気がして、縁《えん》に添いつつ中土間《なかご》を、囲炉裡《いろり》の前を向うへ通ると、桃桜《ももさくら》潑《ばっ》と輝くばかり、五壇《ごだん》一面の緋毛氈《ひもうせん》、やがて四畳半を充満《いっぱい》に雛、人形の数々。

ふとその飾った形も姿も、昔の故郷の雛によく肖《に》た、と思うと、どの顔も、それよりは蒼白《あおじろ》くて、衣《きぬ》も冠《かむり》も古雛《ふるびな》の、丈《たけ》が二倍ほど大きかった。

薄暗い白昼《まひる》の影が一つ一つに皆映《うつ》る。

背後《うしろ》の古襖《ふるぶすま》が半ば開《あ》いて、奥にも一つ見える小座敷に、また五壇の雛がある。不思議や、蒔絵《まきえ》の車、雛たちも、それこそ寸分違《すんぶんたが》わない古郷《ふるさと》のそれに似た、と思わず伸上《のびあが》りながら、ふと心づくと、前の雛壇におわするのが、いずれも尋常《ただ》の形でない。雛は両方さしむかい、官女たちは、横顔やら、俯向《うつむ》いたの。お囃子《はやし》はぐるり、と寄って、鼓《つづみ》の調糸《しらべ》を緊《し》めたり、解《と》いたり、御殿火鉢《ごてんひばち》も楽屋の光景《ありさま》。

私は吃驚《びっくり》して飛退《とびの》いた。

敷居の外の、苔《こけ》の生えた内井戸《うちいど》には、いま汲《く》んだような釣瓶《つるべ》の雫《しずく》、——背戸《せど》は桃もただ枝の中《うち》に、真黄色に咲いたのは連翹《れんぎょう》の花であった。

帰りがけに密《そっ》と通ると、何事もない。襖《ふすま》の奥に雛はなくて、前の壇のも、烏帽子《えぼし》一つ位置のかわったのは見えなかった。——この時に慄然《ぞっ》とした。

風はそのまま留《や》んでいる。広い河原に霞《かすみ》が流れた。渡れば鞠子《まりこ》の宿《しゅく》と聞く……梅、若菜《わかな》の句にも聞える。少し渡って見よう。橋詰《はしづめ》の、あの大樹《たいじゅ》の柳の枝のすらすらと浅翠《あさみどり》した下を通ると、樹の根に一枚、緋《ひ》の毛氈《もうせん》を敷いて、四隅を美しい河原の石で圧《おさ》えてあった。雛市《ひないち》が立つらしい、が、絵合《えあわせ》の貝一つ、誰《たれ》もおらぬ。唯《と》、二、三町《ちょう》春の真昼に、人通りが一人もない。何故《なぜ》か憚《はばか》られて、手を触れても見なかった。緋の毛氈は、何処《どこ》のか座敷から柳の梢《こずえ》を倒《さかさま》に映る雛壇の影かも知れない。夢を見るように、橋へかかると、これも白い虹が来て群青《ぐんじょう》の水を飲むようであった。あれあれ雀が飛ぶように、おさえの端《はし》の石がころころと動くと、柔《やわら》かい風に毛氈を捲《ま》いて、ひらひらと柳の下枝《したえだ》に搦《から》む。

私は愕然として火を思った。

何処《どこ》ともなしに、キリリキリリと、軋《きし》る轅《ながえ》の車の響《ひびき》。鞠子《まりこ》は霞む長橋《ながばし》の阿部川の橋の板を、あっちこっち、ちらちらと陽炎《かげろう》が遊んでいる。

時に蒼空《あおぞら》に富士を見た。

若き娘に幸《さち》あれと、餅屋の前を通過《とおりす》ぎつつ、

——若い衆《しゅ》、綺麗《きれい》な娘さんだね、いい婿《むこ》さんが持たせたいね——

——ええ、餅屋の婿さんは知りませんが、向う側のあの長い塀、それ、柳のわきの裏門のありますお邸《やしき》は、……旦那、大財産家《だいざいさんか》でございましてな。つい近い頃、東京から、それ

はそれは美しい奥さんが見えましたよ——

何とこうした時は、見ぬ恋にも憧憬《あこが》れよう。

欲《ほし》いのは——もしか出来たら——修紫《にせむらさき》の源氏雛《げんじびな》、姿も国貞《くにさだ》の錦絵《にしきえ》ぐらいな、花桐《はなぎり》を第一に、藤《ふじ》の方《かた》、紫、黄昏《たそがれ》、桂木《かつらぎ》、桂木は人も知った朧月夜《おぼろづきよ》の事である。

照りもせず、くもりも果てぬ春の夜《よ》の……

この辺は些《ちっ》と酔ってるでしょう。

由比駅

内田百閒

東京駅の案内所の前に起《た》って待ち合わせる打合せをしたから、行って見たがまだ来ていない。多分彼の方が先だろうと思ったけれど、或《あるい》は差閊《さしつか》えが出来て遅れたかも知れない。約束通りの所に起って、ぼんやりしていた。いいお天気で駅の前の広場に午過《ひるす》ぎの日が照っている。日向が赤い。日陰が黄色い。おかしいなと思う。そこいらを往ったり来たりする人影が真黒に見える。大きな鴉が低い所を飛んだ。鳩ではない。鳩と鴉は飛び方が違う。

その方ばかり見ていたので、あんまり明かるいから、目の具合が変になった。大分時間が経った様である。なぜ来ないかと云う事を考えている内に、八重洲口の方の改札の内側にも案内所がある事を思い出した。

乗車口側の改札でパンチを受け、地下道を通って行った。いつもの通り大勢人がいるけれど、あんまり動いていない。その中の幾人かは、立ち停まって私が歩いて行くのを見ているらしい。そっちの案内所の前まで行って突っ起った。あたりを見廻したが、来ていない様である。その内に発車の時刻になったら、どうしようかと思う。案内所が二つあったのに気がついて考えて見ると、そう云えばまだ降車口にも、もう一つあったか知れない。しかしこれから出掛けるのに、降車口で待ち合わせると云う打合せをする筈はない。

今起っている所の前は、出発ホームの九番線と十番線に上がる階段の下の広広とした待合所である。階段の上がり口に更に改札の柵があって、その前に人の列が二本も三本もつづいている。大勢人が押し合っているのに、随分静かで、ひっそりしている。時時ばらばらに散らかった様な足音はするけれど、話し声は丸で聞こえない。空襲警報が鳴った時の様な気配である。

行列は向うを向いている。みんな押し黙って何か考えているのだろう。壁際の行列が一番長い。尻尾の端が私の起っている案内所の前の通路まで伸びて来ている。その列の真中辺りの顔が一つ、こっちを向いた。辺りのもやもやした中に、こっちへ向いた顔のまわりだけが白けている。

何だか気になるので、そっちを見ていたら、その顔が列を離れた。和服の著流《きなが》しの男が、すたすた歩いて、私の方へ近づいて来る。こうしていては、いけないと云う気がし出した。

私の前に立ちはだかって、いきなり云った。

「栄さん、大きくなられましたな」

私の名前を云ったが、この品の悪い、中年の男に見覚えはない。

「どなたでしたか」

「いちですよ」

「いちさんと云うのは、思い出せないが」

「いちと云う犬がおったでしょうが」

何を云ってると思う。しかしいやな気がして来た。

背中で靠《もた》れている後の案内所の中で、電話が鳴っている。乗車口の案内所は間口が広いけれど、ここのは狭い。中に係の者が二人しかいない。その一人が電話を受けている。

「もしもし、こちらは八重洲口の案内所ですよ」

電話が何を云っているのか、解らないが、「何ですって、前に起《た》っている人、はあいますよ。それで。呼ぶのですか。何。そう云えばいいのですね。一寸《ちよつと》お待ちなさい。あっ切ってしまった」と云って受話機をがちゃりと置いた。気に掛かるからそっちを向いた私の顔をまじまじと見て、置いた受話機の上に片手を載せた儘、こんな事を云う。「お連れの人の言伝てですよ。それで解るのですか。おかしいね。先へ行っているからって」

「先に行ってるって」

「そう云いましたよ」

先に行くと云っても、汽車の数はきまっている。何を云っているのか。先へ行けと云ったのかも知れない。なぜだか解らないが、それならそれでもいい。後を振り返ったが、さっきの男はもういない。行列に帰ったかと思う。しかし行列は改札を通っている。一番長かった壁際の列の尻尾ばかりが少し残っている。その残りも見ている内になくなった。

さてどうしようかと思う。何をどうすると云う程はっきりしないが、物事の順序が立っていない。出掛けて来たけれど、よしてもいい。そう思っているのに勝手に歩き出して、改札を通ってしまった。

汽車はもうホームに這入《はい》っている。窓から見える手前の側に、座席があいていて、そこへ私が這入って行くのが、前からそうなっている様である。だからそこへ這入って行って、腰を掛けた。車内がひどくむしむしする。大勢の人が乗っているけれど、みんな同じ方へ向いている。二つ並んだ隣りの座席は空いているが、だれも来ない。大分先の方で機関車が曖昧な笛を鳴らして、汽車が動き出した。

段段速くなって、線路だか車輪だかが、こうこうこうと鳴く様な音がし出した。何が鳴く声だろうと思う。御後園の鶴の声が、天気の悪い日に、遠方から風に乗って伝わって来る様である。昔、生家が貧乏して、税務署から差押えられた儘の広い家の中に住んでいた時、空っぽになった酒倉の間を吹き抜ける風が、こんな声を乗せて来た。

その時分、人気《ひとけ》の少くなった家の中に、大きなぶちの犬がいた。思い出し掛けて、胸先から戻す様な、いやな気持になった。

顔見知りの年配のボイが通りかかって、挨拶して立ち停まった。

「おや、お出掛けで御座いますか」

「うん、一寸《ちよつと》」

「御遠方まで」

「いや、由比《ゆい》へ行くのだ」

「由比で御座いましたら、この列車は由比に停まりませんけれど」

「引き返すから、いいんだ」

「左様で御座いますか。そう致しまするど、清水で御座いますね」

そうして一礼して通り過ぎた。ボイの行った後が少し臭い。何処から来るにおいだか解らないが、その聯想《れんそう》が愉快ではないから気を散らす。

大船、藤沢を過ぎてから、急に速くなった。沿線の家や樹が、汽車が近づくのを待って俄《にわか》に飛び立って遠ざかる様に見える。目を掠めて消える家家の屋根がきらきらと光った。濡れているかも知れない。抜ける程晴れていながら、雨が降る筈もないが、次第に山が迫って来る秋空には、汽車が近づく前に時雨れ雲が通って行ったかも知れない。

少し辺りがぼんやりして来て、その内にうとうとしたらしい。不意にしんかんとして、座席の靠《もた》れに靠れた儘、どこかへ沈んで行きそうになった。引き込まれそうな気持の途中で、はっとして目がさめた。勾配のある高い土手の上に汽車が停まっている。大勢人が乗っているのに、何の物音もしない。窓の外の線路のわきも、土手の下の狭い往来にも、濡れて雫が流れて水溜まりがある。その上から、ぎらぎらした日が照りつけ、風が渡って草の葉を動かした。

何のつながりもない、中途半端なところで電気機関車の笛が鳴った。そうして窓の外の今まで見ていた所と、車内の様子とが捩じれた様な工合になって、汽車が動き出した。

動き出したと思ったら、又じきに停まった。今度停まった所は歩廊の前である。だから停車したので、小田原であった。それから熱海へ行く間、隧道が長いのや短かいのや、明かるくなったり暗くなったり、ちらちらするのもあって、それで気分がうろうろする。裸の岩が露出している崖を見たら、塔ノ山の岩肌を思い出した。郷里の町に第六高等学校が出来る時、山裾の水田を潰して地形《じぎょう》を造った。地形に使う石を採るので、近くの塔ノ山にダイナマイトを仕掛けて岩を割っていると、その上にあった墓場が崩れて、町内の岡友のおばさんの棺桶が出て来たそうである。

岡友の家は神道であったから、おばさんが死んでも、入棺の時、頭を丸めたりしない。丸髷を結った儘坐らして、座棺に納めたのが塔ノ山の墓の下で何年か経って、今度ダイナマイトのはずみで飛び出した。棺がわれて丸髷を結ったおばさんが出て来たそうだが、屍《し》蠟《ろう》と云う物になって、ちっともごうもなっていない。生きていた時の儘だと云うので、随分みんなが騒いだ。

岡友の家は、私の生家から二三軒先の同じ並びにあったが、どう云うわけだか、家が取り払われて、その後に脊の高い青草が一ぱい生えた。豆腐屋だった所為《せい》か、大きな井戸があって、井戸側はもう無かったが、青草の中に、底の水面が黒ずんだ鏡の様な色をして光っている。その空地へ犬を追い込んだ。私が追い込んだのではなく、犬が逃げ込んだから、後を追っ掛けたのである。

なぜ追い廻したかは、その時分から自分の気持が解らなかった。春機発動期の終り頃で、後から考えると、えたいの知れない憂悶のはけ口がなかった為かも知れないが、毎日夕方になるのを待って、三間竿を持ち出し、犬を探して、竿の先を突きつける。矢っ張りそうなので犬の名前はいちと云った。大きな黒のぶちで、仔犬から育てたのだから犬の気心はよく解っているし、向うでもこちらの気心を知っているだろう。急に憎くなったのでも邪魔にするのでもないけれど、そう云う癖を覚えてから、毎日止められない。

初めは犬の方で呼ばれたのかと思って、馴れ馴れしくこっちへ寄って来る。それでは勝手が悪いので、竿を持った儘後にさがり、間隔を置いてから竿の先で横腹を突き尻を叩くと、犬は意外な目に遭うと思うらしく、尾を垂れて向うへ逃げて行く。それから調子がついて、追っ掛けながら背中でも尻でも頸でも構わずに突っ突くから、犬はうろたえて逃げ廻り、追い詰められると、けんけん鳴き出す。ますます興が乗って来るので、ゆるめる事はしない。こちらも興奮しているから、息をはずませながら追った。或る日の夕方、少し暗くなり掛けていたが、犬がいきなり開けひろげた裏の座敷へ飛び上がって、表座敷の方へ逃げて行った。

その後から下駄穿きの儘座敷に馳け上がり、竿を振るって追うと、手すりのある廊下を渡って母屋の座敷を馳け抜け、玄関から土間へ降りて表の往来へ走って行った。何となく裏を掻かれた気持でかっとなり、三間竿を構えた儘、人通りのある往来で犬を追っ掛けたら、岡友の空地へ逃げ込んだ。

非常に速く走ったけれど、こちらも一生懸命だから、すぐに追いつき、青草の中を向うへ抜ける黒い胴体のどこかを竿の先で思い切り突いた。大きな消し護謨《ゴム》を押した様な手ごたえがしたと思うと、井戸の上をひらひらと飛び越えて、向うの側からこっちを振り向き、薄闇の中で白い歯をむき出した。頭を低くして身構えする様な恰好をする。不意にこわくなって、草の中に竿を投げた儘、後を見ずに家へ帰った。

さっきのボイが通り掛りにうしろから、私と同じ方を向いたなりで云った。「お連れ様が別の車にいらっしゃるので御座いますか」

「いや」

ボイが黙って起っているから問い返した。

「なぜ」

「あちらでは、そんな風に仰しゃいましたけれど」

ボイが軽く会釈して通り過ぎた。

丹那を出てからは、空の色が濁っている。段段に暗くなって、沼津に停車した時、豪雨が降り灑《そそ》いだ。何となく呼吸が詰まる様な気がするので、車外に出て見た。ホームの屋根を流れる雨が、勢が余って停車している列車の屋根に敲《たた》きつけ、それが戻ってホームの縁へ流れ落ちる。水の襖《ふすま》の様で、デッキからホームへ降りた時、その中を突き抜けた為に頭からびしょ濡れになった。

ホームの足場を直しているので、たたきが掘り返されていて足許《あしもと》が悪い。その引っ剝が
したたたきのかけらに、突然白い色の電光が走って、かけらがびりびり動く様な烈《はげ》しい雷
が鳴った。

驚いて車室に帰ったが、もう一度水襖を突き抜けたので、全身が濡れ鼠になった。
座席の隣りに知らない婦人が坐っている。もともと空いていたのだから、人が来ても止
むを得ない。

その前をすり抜けて、窓際の座席に戻った。
馴れ馴れしく、「大変な雷です事」と云う。

「はあ」

「随分お濡れになりまして」

匂いのするハンケチを出して、肩の辺りを叩こうとする。

「いいです」

「まあ、旦那様ったら」

そう云って構わずに肩から袖を伝う雫を拭いてくれた。

「旦那様はこの汽車ではないと思いました」

「ごなたでしょうか」

「ふふふ」と云った様である。両手の白い手頸を絡ませる様に、うねくねと動かした。「ボイさんから聞きましたの。いいボイさんですわね。お顔馴染なんですってね」

「ボイが何か云ってたのは、あなただったのですか」

「何と申しまして」

「僕を知った人がいる様な事を云ってたが、僕がどうしたと云うのです」

「違いますわ、旦那様。そのお話しは別の人です。乗っていますわよ、あっちに」

「だれがです」

「だって、今日はそれでお出掛けになる気におなりなすったのでしょう。違いまして」

「何を云ってるんです」

「あっ、そら、大きな虹」

頓狂な声をして乗り出し、私の前から頸を伸ばして窓を覗いた。空が霽《は》れて来たか、汽車が走って雨雲の陰から出たか知らないが、外は明かるくなって、海の近い田圃《たんぼ》に雫が光っている。その上を、後の山から海の向うの空へかけて、虹が橋を懸けた。

幅の広い虹に見とれていると、急に目がちかちかっとして、赤い虹を縦に縫う様に、銀色の昼の稲妻が海の方へ走った。

すぐに烈《はげ》しい雷鳴が、走って行く汽車の響きを圧して、明かるい海の方へ轟《とどろ》いて消えた。

虹がまだ薄れない内に汽車がカアヴした。

「もうじきで御座いますわね」と云った。何だか膝の辺りをもそもそしていると思ったら、すうと起《た》ち上がり、「では又、後程」と云って、うしろの方へ歩いて行った。

汽車が走って行って、海が近くなり、由比駅を通過して、隧道に這入《はい》った。出てから又這入った。暗い隧道の洞の中に、海風が詰まっているらしく、濡れて隧道を出た汽車に横揺れのはずみがついて、ぶるぶるしながら清水駅の構内に辷《すべ》り込んだ。

それで降りて、引き返して、又さっきの隧道を抜けた。今度は一つで長い。由比駅で降りて改札を出た。矢っ張り一人で来たのは勝手が違ったと思う。その辺り一帯に蝦《えび》のにおいがする。往来に出て、歩いて行って、さっきの隧道のあった山の方へ向かう。足許《あしもと》が登りになって、頭の上に松が鳴っている。薩埵《さった》峠の裾が山の鼻になって海に迫った所で、鼻の尖《さき》が二つに裂けている。だから海に近い方の線路には隧道が二つある。まだ二つに割れていない山ぞいには、一つしかない。薩埵《さった》のその山の鼻の上に白堊《はくあ》のサッタホテルがある。

露の垂れそうな松の下枝をくぐって、径を曲がったら、海光を背にしてこっちに向いている玄関の軒に、昼間の電気がぎらぎらして、SATTA-HOTELの文字が白い背景から抜け出しそうに輝いている。

ポーターが硝子《ガラス》の扉を開けて、お辞儀した。廊下に香気が漂っている。潮の匂いではない。松の香りでもない。脊の高いボイが出て来て挨拶した。

「入らっしゃいまし。お待ち申し上げて居りました」

「今日来るとは云わないだろう」

「いいえ、伺って居ります。あちらでお待ち兼ねで御座います」

今まで案内された事のない、違った部屋に通った。二重廊下になっていて、ボイがドアを開けると、昼間なのに電気がついている。どの窓にも松の下枝がかぶさって薄暗いから、中の電気の光が外へ溢れて行く筋が明かるく見える。

暗い窓を背にして、明かりが出て行く筋に女がいる。椅子に倚《よ》ってこっちを見ているらしい。

「お見えになりました」とボイが云った。

何となくむかむかする様な気がした。車中の隣りの座席に来た女かも知れない。「おい」とボイを呼び止めた。「外の部屋はないのか」

「御座いますけれど」

もじもじしている前に女が起《た》って来て、

「いいのよ、ボイさん。それは又後でね」と云ってこっちへ向き直った。

「先程は」

「あなたはだれです」

「わたくしで御座いますか」

「そう」

「そんな事よりも旦那様。旦那様はどうしてこちらへお出向きになりましたか」

「僕か。僕は友人と打ち合わせて来る筈になっていたのだ」

「ふふふ。そのお友達の方、それでどうなさいまして」

「来る筈です。もう来ているかな」

ボイが出て行った。「お呼び下さいます様に」と云った様だった。変な声をしている。

いつの間にか腰を掛けていた。椅子の工合が大変いい。女が円い卓子の向うから、向き合っている。

「ほんとに暫らくで御座いました」

「僕は思い出せないのだが」

「でも、あまり古い事が、中途までそう思った儘で、その儘になっていると、いろいろいけませんですわねえ」

「それはごう云う事です」

「この窓の外の、あの松の木が重なり合ったうしろは崖が御座いますのよ。もう一つ山になって、その上に榛《はん》の木《き》が繁って、木のまわりを大きな白い蝶蝶が」

それは違う。手の平ぐらいもあって。

「白い蝶蝶じゃない、黒いのだ。真黒な」

「まあ」と云って人の顔を見据えた。「そんな気がすると仰しゃるのでしょう」

そうかも知れない。自分で見たわけではない。見える筈がない。そう云われて、そっちを見たけれど、蝶蝶なぞ飛んではいなかった。父がそう思って、そう云っただけだ。

からだが硬くなった。

「お苦しかったのでしょう。本当に残念な事をいたしました」

幾晩か続いたから、傍にいて呼吸が出来ない様であった。だから、からだが硬くなって、どうしていいか解らない。山寺の座敷を借りて寝ていたので、病床は地面から随分高い。

お寺の床《ゆか》はごこだって高い。その上に犬が跳び上がって来て、病床の傍に四つ脚で起った。自分の坐っている同じ高さに、犬がいるのを見た事がない。黒い犢《こうし》の様に思われて、ぞっとして追った。家の犬である。「こらっ、いち」と云おうと思ったら、声が詰まった。犬は高い縁鼻から、ひらひらと飛んだ。

「ですから、旦那様、ああほっといたしましたわ」

「何が」

「ですから矢っ張り、一度は確かめておいて戴きませんと」

「何を云ってるのだ」

「わたくしは、いちの家内で御座います」

「何だと」

「まあ、あんな顔をなすって。犬の家内では御座いません事よ。ほほほ」

窓が微かに鳴った。海風が通ったのだろうと思っていると、今度はドアが鳴って、ボイが這入《はい》って来た。

「お見えになりました」

「だれが」

「助役さんがお見えになりました」

「おかしいな」

「昨日からそう云うお問い合わせで御座いましたけれど」

「別の部屋へお通ししておいてくれ」

ボイが出て行った後、何となく、気がそわそわする。

辺りがもやもやして、どの窓も大きく拡がり出した。窓の外は薄暗い。

今出て行ったと思ったボイが、又顔を出した。

「助役さんがお待ち兼ねです」

「今行くから、別の部屋へお通ししておきなさい」

「お通しして御座います」

「それでいい」

「そのお部屋で、オックスタンの塩漬を召し上がって居られます」

「何だって」

「もう随分沢山、幾人前もお上がりになりました」

ボイのうしろから、背広を著《き》た男が顔を出した。「入らっしゃいまし、支配人で御座います」

そうだ、顔を知っている。

ボイを押しのける様にして、中へ這入《はい》って来た。

「おやお前さんか。一寸《ちよつと》こっちへ来て貰おう」

そう云って女のごこかへ手を掛けた。柔らかい風呂敷包みを引っ張る様な恰好で、女を部屋の外へ連れて行った。

その後を閉めて、ボイが私の傍へ寄って来た。まともに見ると色が白くて、鼻筋が通って、目許《めもと》が涼しくて、惚れ惚れする程可愛い。

「君はこの前はいなかったね」

「いえ居りました。旦那様を存じ上げて居ります」

「そうか知ら。君の様なボイはいなかったと思ったが」

「あの時分はボイではありませんでした」

「何だったのだ」

ボイが少しいやな顔をした。

「それが旦那様の癖でしょう。助役さんもそう云っていましたけれご」

「助役さんが何と云うのだ」

「由比の駅のホームで、すぐ目の前を通過する急行列車を、旦那様は気抜けがした様になって見ていらっしゃるでしょう。初めに下りが行くと時計を出して、一生懸命に時間を計って、上りが来るのを待って」

「それがどうしたのだ」

「助役さんが云っていましたけれど、僕だってそう思います。そんな事をしたら、それは列車だってあの勢いで動いているのですから、ぼんやりした旦那様のなんかを持って行って、擦れ違う時に今度の上りに渡したのが返って来るまで旦那様は丸でお留守です。いろんな事が起こりますさあね、僕なんか初めからそう思っているから」

ボイの顔が、色が白いなりに大きくなった。可愛くなぞない。

「さっき、下で非常汽笛が鳴ったでしょう」

「知らない」

「ホテルの下は薩埵隧道《さつたずいどう》です」

「そうだよ」

「海沿いの、つまり下りの側には二つあって、その第一洞と第二洞との間が七十米《メートル》」

「それがどうしたのだ」

「そのトンネルとトンネルとの間で、大きな獣《けだもの》が轢《ひ》かれました」

「犬だろう」

「旦那様は馬鹿だな。あんな事云ってる」

「なぜ馬鹿だ」

「馬鹿じゃありませんか。いい加減にしたらどうです」

「怪《け》しからん事を云う。それじゃ何が轢かれたのだ」

「何だか知らないけれど、列車が第一洞を出て見たら、第二洞のこっちの入り口の所を、黒い獣が出たり這入《はい》ったり」

急に恐ろしい顔をして、後を振り向いた。「仕様がないな、助役さん、何を騒いでるのだ」

身構えして、私を突くのかと思ったら、肩の先を摑《つか》んで、ゆすぶる。

「旦那様、もうおよしなさいね」

ゆすぶっている手の先に拍子をつけて、いつ迄も離さない。

「もういい」

「よくはないです。
　網ノ浜の
　茗荷の子
　出たり
　這入ったり
　すっ込んだ
そうでしょう。そうなんでしょう。あははは」
手を離して人の顔をのぞき込んだ。耳許《みみもと》ががんとして、耳鳴りがする。松も鳴っている。
ボイの白い顔と白い上衣が、境目がなくなった。

神います

川端康成

夕暮になると、山際《やまぎわ》に一つの星が瓦斯燈《ガス》のように輝いて、彼を驚かせた。こんな大きい目近の星を、彼はほかの土地で見たことがない。その光に射られて寒さを感じ、白い小石の道を狐《きつね》のように飛んで帰った。落葉一つ動かずに静かだった。

湯殿に走りこんで温泉に飛び込み、温かい濡手拭《ぬれてぬぐい》を顔にあてると、初めて冷たい星が頬から落ちた。

「お寒くなりました。とうとうお正月もこちらでなさいますか。」

見ると、宿へ来るので顔馴染《かおなじみ》の鳥屋だった。

「いいえ、南へ山を越えようかと思っています。」

「南は結構ですな。私共も三四年前まで山南《やまみなみ》にいたので、冬になると南へ帰りたくなりましてな。」と言いながらも、鳥屋は彼の方を見向こうとしなかった。彼は鳥屋の不思議な動作をじっと盗み見していた。鳥屋は湯の中に膝を突いて伸び上りながら、湯槽《ゆぶね》の縁に腰を掛けた妻の胸を洗ってやっているのだった。

若い妻は胸を夫にあてがうように突き出して、夫の頭を見ていた。小さい胸には小さい乳房が白い盃《さかずき》のように貧しく膨らんでいて、病気のためにいつまでも少女の体でいるらしい彼女の幼い清らかさのしるしであった。この柔かい草の茎のような体は、その上に支えた美しい顔を一層花のように感じさせていた。

「お客様、山南へおいでになるのは初めてですか。」

「いいえ、五六年前に行ったことがあります。」

「さようですか。」

鳥屋は片手で妻の肩を抱きながら、石鹸《せっけん》の泡《あわ》を胸から流してやっていた。

「峠の茶店に中風《ちゅうぶ》の爺《じい》さんがいましたね。今でもいますかしら。」

彼は悪いことを言ったと思った。鳥屋の妻も手足が不自由らしいのだ。

「茶店の爺さんと?――誰《だれ》のことだろう。」

鳥屋は彼の方を振り向いた。妻が何気なく言った。

「あのお爺さんは、もう三四年前になくなりました。」

「へえ、そうでしたか。」と、彼は初めて妻の顔をまともに見た。そして、はっと目を反らせると同時に手拭で顔を蔽《おお》うた。

(あの少女だ。)

彼は夕暮の湯気の中に身を隠したかった。良心が裸を恥かしがった。五六年前の旅に山南で傷つけた少女なのだ。その少女のために五六年の間良心が痛み続けていたのだ。しかし感情は遠い夢を見続けていたのだ。それにしても、湯の中で会わせるのは余りに残酷な偶然ではないか。彼は息苦しくなって手拭を顔から離した。

鳥屋はもう彼なんかを相手にせずに、湯から上って妻のうしろへ廻《まわ》った。

「さあ、一ぺん沈め。」

妻は尖《とが》った両肘《りょうひじ》をこころもち開いた。鳥屋が脇《わき》の下から軽々と抱き上げた。彼女は賢い猫《ねこ》のように手足を縮めた。彼女の沈む波が彼の頤《あご》をちろちろと舐《な》めた。

そこへ鳥屋が飛び込んで、少し禿《は》げ上った頭に騒がしく湯を浴び始めた。彼がそっとうかがってみると彼女は熱い湯が体に沁《し》みるのか、二つの眉《まゆ》を引き寄せながら固く眼《め》をつぶっていた。少女の時分にも彼を驚かせた豊かな髪が、重過ぎる装飾品のように形を毀《こわ》して傾いていた。

泳いで廻れる程の広い湯槽なので、一隅に沈んでいる彼が誰であるかを、彼女は気がつかないでいるらしかった。彼は祈るように彼女の許しを求めていた。彼女が病気になったのも、彼の罪かもしれないのである。白い悲しみのような彼女の体が、彼のためにこうまで不幸になったと、眼の前で語っているのである。

鳥屋が手足の不自由な若い妻をこの世になく愛撫《あいぶ》していることは、この温泉の評判になっていた。毎日四十男が妻を負ぶって湯に通っていても、妻の病身ゆえに一個の詩として誰も心よく眺《なが》めているのだった。しかし、大抵は村の共同湯にはいって宿の湯へは来ないので、その妻があの少女であるとは、彼は知るはずもなかったのだった。

湯槽に彼がいることなぞを忘れてしまったかのように、間もなく鳥屋は自分が先きに湯を出て、妻の着物を湯殿の階段に拡《ひろ》げていた。肌着《はだぎ》から羽織まで袖《そで》を通して重ねてしまうと、湯の中から妻を抱き上げてやった。うしろ向きに抱かれて、彼女はやはり賢い猫のようにに手足を縮めていた。円い膝頭が指環《ゆびわ》の蛋白石《オパアル》のようだった。階段の着物の上に腰掛けさせて、彼女の顎《あご》を中指一本で持ち上げて喉《のど》を拭《ふ》いてやったり、櫛《くし》でおくれ毛を掻《か》き上げてやったりしていた。それから、裸の蕊《しべ》を花弁で包むように、すっぽりと着物でくるんでやった。

帯を結んでしまうと、柔かく彼女を負ぶって、河原伝いに帰って行った。河原はほの明るい月かげだった。不恰好《ぶかっこう》な半円を画いて妻を支えている鳥屋の腕よりも、その下に白く揺れている彼女の足の方が小さかった。

鳥屋の後姿を見送ると、彼は柔かい涙をぽたぽたと湯の上に落した。知らず知らずのうちに素直な心で呟《つぶや》いていた。

「神います。」

自分が彼女を不幸にしたと信じていたのは誤りであることが分った。身の程を知らない考えであることが分った。人間は人間を不幸になぞ出来ないことが分った。彼女に許しを求めたりしたのも誤りであることが分った。傷つけたが故《ゆえ》に高い立場にいる者が傷つけられたが故に低い立場にいる者に許しを求めると言う心なぞは驕《おご》りだと分った。人間は人間を傷つけたりなぞ出来ないのだと分った。

「神よ、余は御身《おんみ》に負けた。」

彼はそうそうと流れる谷川の音を、自分がその音の上に浮んで流れているような気持で聞いた。

熱海復興

坂口安吾

私が熱海の火事を知ったのが、午後六時。サイレンがなり、伊東のポンプが出動したからである。出火はちょうど五時ごろだったそうである。

その十日前、四月三日にも熱海駅前に火事があり、仲見世が全焼した。その夜は無風で、火炎がまッすぐ上へあがったから、たった八十戸焼失の火事であったが、山を越えて、伊東からも火の手が見えた。もっともヨカンボーというような大きな建物がもえ、焼失地域が山手であったせいで、火の手が高くあがったのかも知れない。このときも、伊東の消防が出動した。三島からも、小田原からも、消防がかけつけていた。なんしろ火事というものは、無縁のヤジウマが汽車にのって殺到するほど魅力にとんだものだから、血気の消防員が遠路をいとわず馳けつけるのもうなずけるが、温泉地の火事は後のフルマイ酒モテナシがよろしいから、近隣の消防は二ッ返事で救援に赴くということである。

四月三日の火事から十日しかたたないから、マサカつづいて大火があるとは思わない。外を吹く風もおだやかな宵であるから、ハハア、熱海は先日の火事であわてているなと思い、又、伊東の消防は熱海の味が忘れられないと見えるワイ、とニヤリとわが家へもどり、火事はどこ？　ときく家人に、

「また、熱海だとさ。ソレッというので、伊東の消防は自分の町の火事よりも勇んで出か

けたんだろうな」

と云って、大火になるなぞとは考えてもみなかった。そのときすでに、熱海中心街は火の海につつまれ、私の知りあいの二三の家もちょうど焼け落ちたころであった。

私は六時半に散歩にでた。音無川にそうて、たそがれの水のせせらぎにつつまれて物思いにふけりつつ歩く。通学橋の上で立ちどまって、ふと空を仰ぐと、空に闇がせまり、熱海の空が一面に真ッ赤だ。おどろいて、頭を空の四方に転じる。どこの空にも、夕焼けはない。北の空だけが夕映えなんて、バカなことがあるものじゃない。

熱海大火！

私は一散にわが家へ走った。私のフトコロにガマ口があれば、私は駅へ走ったのだが、所持金がないから、涙をのんで家へ走った。

遠い方角というものは、思いもよらない見当違いをしがちであるが、十日前にも火の手を見たから、熱海の方角に狂いはない。十日前にはチョロ〳〵と一本、ノロシのような赤い火の手が細く上へあがっているだけであったが、今日は北方一面に赤々と、戦災の火の海を思わせる広さであった。

一陣の風となって家へとびこみ、洋服に着代え、腕時計をまき、外へとびだし、何時か

な、と腕をみて、

「ワッ。時計がない」

女房が時計をぶらさげて出てきた。

「あわてちゃいけませんよ」

と言ったと思うと、空を見て、

「アッ。すばらしい。さア、駈けましょう」

「どこへ？」

「駅」

「あんたも」

「モチロン」

この姐さんは、苦手である。弱虫のくせに、何かというと、のぼせあがって、勇みたつ。面白そうなことには、水火をいとわず向う見ずに突進して、ひどい目にあって、二三日後悔して、忘れてしまうという性コリのない性分であるから、この盛大な火の手を見たからには、やめなさいと云ったって、やめにするような姐さんではない。

私は内心ガッカリした。私は火事というと誰も行くことのできない消防手の最先端へとびだして、たった一人火の手にあおられながら見物するという特技に長じており、何百人のお巡りさんが非常線をはっても、この忍術をふせぐことはできないのである。姐さんに絡みつかれては、忍術が使えない。

伊東の街々では門前に人々が立って熱海の空を見ている。自転車で人が走る。火元は埋立地だという。銀座が焼けた。糸川がやけてる。国際劇場へもえうつった。市役所があぶない等々。街々を噂が走る。

してみると私が時々遊びにでかけた林屋旅館も、支那料理の幸華も、洋食の新道も、もうやけたのだ。

「いいかい非常線にひッかかったら、糸川筋の林屋旅館へ見舞いに行く伊東の親類だというんだよ。林屋は伊東の玖須美《くすみ》の出身だからね」

と、女房に忍術の一手を伝授しておく。

電車は伊東から、すでにヤジウマで満員だ。同じ箱にのりこんだ周囲の十数人から知った顔をひろってヤジウマとはいかなる人種かと御紹介に及ぶと、一人は知人の家の女中(二十一二。通勤だから、夜は自由だ)、バスガール三人。これは知り合いというわけではないが、バスにのると向うに見える大島は……と説明して、大島節をうたってきかせるから、自然顔を覚えたのである。

宇佐美で身動きできなくなったが、網代《あじろ》でドッと押しこみ突きこみ、阿鼻叫喚、十分ちかくも停車して、ムリムタイにみんな乗りこんでしまったのは、網代の漁師のアンチャン連だ。かくて乗客の苦悶の悲鳴にふくらみながら、電車は来ノ宮につく。

火は眼下の平地全部をやき、山上に向って燃え迫ろうとしている。露木か大黒屋かと思われる大旅館が燃えている一方に錦ヵ浦の方向へ向って燃えている。火の手がはげしい。

熱海というところは、埋立地をのぞくと、平地がない。全部が坂だといってもよろしい土地であるが、銀座から来ノ宮へかけては特に急坂の連続だから、火の手は近いが、この坂を辛抱して荷物を運ぶ人の数は少く、さのみ雑踏はしていなかった。

風下の坂の上から、風上の銀座方面へ突入するのは、女づれではムリであるから、仕方なく、大迂回して、風下から銀座の真上の路へでる。眼下一帯、平地はすでに全く焼け野となって燃えおちているのである。銀座もなく糸川べりもない。そのとき八時であったが、当日の被害の九割までは、このときまでに燃えていた。鎮火は十二時ごろであったが、私が到着して後は、燃え方は緩漫であった。

火の原にかこまれた山上でも、伊東と同じく、微風が吹いているにすぎなかった。

どうして、こんな大火になったのだろう？　みんながそう思うのは当然だ。

十日前に駅前の仲見世八十戸やいた時には、山上のために水利がわるく、水圧がひくくて消火作業が思うにまかせなかったからだ、という。それに対する批判の声があがっている最中であった。

今日の火事は夕方五時、まだ明るい時だ。海に面した埋立地で、交通至便の繁華街に接している。大火になる条件がないのである。

そこで、

「海水を使うとホースが錆びるからといって、消防が満々たる海を目の前に、手を拱いていた」

という怨嗟のデマが、出火まもなく、口から口へ、熱海全市を走っていた。

しかし、そもそもの発火がガソリンの引火であり、つづいてドラムカンに引火して爆発を起し、発火と同時に猛烈な火勢で燃えひろがって処置なかったものらしい。

火事による突風が渦まき起って百方に火を走らせ、発火から二時間ぐらいの短時間で、全被害の九割まで、焼きつくしたようである。私の到着したときは渦まく突風はおさまり、目抜通りは焼けおちてのびきった火の先端だけが坂にとりつこうとして燃えつつ立ち止っているときであった。

火元はキティ颱風でやられた海岸通りの道路工事をやってる土建なんとか組の作業場で、十九か二十ぐらいの若い二人の労務者が賭をした。

「タバコをガソリンの上へすてるともえるかもえないか」

という賭である。そこで、もえる、と云った方が、じゃア見てろといってタバコをすてたので、火の海になった。あわてて砂をかけたが及ばず、アレヨというまに建物にもえうつりドラムカンに引火して、バクハツを起し一挙に四方に火がまわったのだそうだ。

火元の土建の何とか組は、私にも多少の縁がある。

銀座のビルの一室をかりて、なにがしという綜合雑誌のようなものをだしていたのが、映画俳優のY氏であった。三年ぐらい前の話で、ひところの出版景気に、目先が早くて行動的な映画人で出版や雑誌発行をやった人も相当いたようだが、映画雑誌か娯楽雑誌が普通で、Y氏のように、綜合雑誌めいたものは例外だろう。Y氏の柄に合ったもののようにも見えなかったし、編輯上の識見があったとも思われないが、なんの因果でこんな雑誌をだしたのか私は今もって知らないが、徹底的にピント外れで、Y氏ならびに雑誌合せて、奇抜、ユニックな存在だったかも知れない。

そのうち出版不況の時世となって、Y氏の雑誌も立ちゆかなくなり、旧知の作家O氏の救援を乞うたところ、O氏のはからいで、O氏や私を同人ということにして、新雑誌をだすことになった。

そのとき、新雑誌のために二十万円ポンと投げだしたのが、O氏の知人で熱海大火の原因となった何とか組の何とか親分だ。もっとも、実際は親分ではなくて、親分の実弟だそうだが、私の聞きちがいか、紹介者が面倒がって端しょッて教えたせいか、私は熱海の大火まで、なんとか組の親分ズバリだと思いこんでいた。

O氏の話では、新雑誌に賛成して好意的に二十万ポンと投げだしてくれた、という簡単明瞭な話であったが、なんとか組のなんとか氏の方は、新雑誌の社長のつもりであった。

遠く東海道の某駅から、はるばる上京、Y氏の坐る社長の席へドッカとおさまり、社員一同を起立させて訓辞を与える。居場所を失ったY氏はウロウロしているし、社員は二人の社長の出現に呆ッ気にとられて仕事に手がつかない。

「キサマ、反抗するか!」

と云って、それまで、実質的に編輯長のようなことをやっていた吉井という人物はひッぱたかれ、

「反抗する奴はでゝこい。若い者をつれてきて痛い思いをさせてやる。ごうだ。痛い思いをしたいか。したい奴は、でてこい！」

と、睨み廻す。敵地へのりこんだ如くに、はじめから、社員を敵にして、かかっている。O氏が編輯長として九州からよびよせたHという新聞記者出身の柔道五段がいた。柔道五段というが、大言壮語するばかりで、編輯の才能は全然ない。大ブロシキの無能無才で、ふとっているが、テリヤよりも神経質で、ヘタな武道家によくあるタイプだ。

「売れなくてもよいから、アッ、やったな、と言わせるような雑誌をつくってみせる」

という。こういう低脳のキマリ文句で右翼のチンピラが大官を暗殺するような心境で雑誌をつくられては、たまったもんじゃない。私も我慢ができないから、

「冗談云いなさんな。金もないくせに売れない雑誌をつくったって、つぶれるだけじゃないか。ぼくがこの雑誌の同人になったのは、Y氏の出版事業がつぶれそうだから助けてやってくれないかというO氏の頼みで、Y氏をもうけさせてやるのが目的だ。アッ、やったなといわせるために誰がお前さんにたのむものか。もうける以外に目的があったらこの雑誌の編輯はやめなさい」

と云ったら、それ以後は、私の顔を見るたびに、

「もうける雑誌、もうける雑誌」

と意気ごんでみせ、たちまち大モウケしてみせるようなことを言うようになったが、実際は、アッと言わせるのはカンタンだが、もうけるのは大事業なのである。

このH編輯長がなんとか組のなんとか氏とカンタン相てらしたと称し、兄弟の盟約をむすび、兄貴、わるいところがあったら、だまってオレの頭をなぐれ、などゝオイオイ泣き、こういう低脳がでゝくると、もうダメである。なんとか組のなんとか氏はH氏にくらべてはもっと大人で、そうバカではなかったらしいが、間にH編輯長という低脳で神経質で被害妄想のようなのがはさまっていて、それを通じての話をきいているから、まるで敵地へのりこむように出社して社員をごなりつけた。

ここの社員は主としてO氏の弟子に当る若い連中で、O氏の一族ではあるが、私とは何のユカリもない連中であった。けれども、H編輯長もO氏の選んだ人物、なんとか組のなんとか氏もO氏のたのみで金をだした人物で、O氏の知人であるから、H氏やなんとか氏への不満をO氏のところへ持っていっても、とりあげてくれない。そこで私のところへ泣きついてきた。

吉井君も、善良ではあるが、性格的には、ひがみ屋で、女性的にひねくれたところがある。H氏が、又、最も女性的な豪傑タイプで、女性的な面が衝突し合っているのである。吉井君も編輯にはまったく無能で、ごっちに軍配をあげるわけにもいかないが、部下を心服させることができないのは、H氏の不徳のいたすところである。

たのまれたからといって、特にたのんだ方に味方もできないが、H氏をよんで、

「あんたの部下はみんなO氏の弟子じゃないか。あんたがO氏のスイセンで編輯長になれば、みんながあんたを好意的にむかえるはずであるのに、心服させることができないのは、よッぽど不徳のせいだろう。そう思わんか」

「そう思う」

「あんた下宿の女（吉井君とジッコン）と関係してるね」

「そうだ。女房を国もとへおいてるから、こうなるのは当然だ」

「当然であろうと、あるまいと、そんなことは、どうでもいいや。自分の四囲にごういう影響を与えるか、それを考えて、手際よくやるがいいや。あんなケッタイな四十ちかい女に惚れるはずはあるまいし、タダで遊ぼうというコンタンで、部下の感情を害すとは、なさけない話じゃないか。遊ぶんだったら、金で、よその女を買いなさい」

「金がないから仕方がない」

「社長が二人いるのは、変じゃないか」

「変だ」

「敵地へのりこむようにのりこんできて、反抗したい奴はでてこい、若い者にぶん殴らせる、なんて社長があるもんか。ぼくがこの雑誌に関係したのはY氏の窮状を救うという意味でたのまれたのだから、Y氏以外の社長ができたり、Y氏の立場を悪くするようなら、ぼくの一存でこの雑誌をつぶす。どうだ」

「その気持をなんとか組のなんとか氏につたえて、善処させる」

その翌日である。

H氏となんとか組のなんとか氏が同道して拙宅をたずねた。

「お前さんはオレがよぶまで上ってくるな。荒っぽい音がするかも知れないが、下にジッとしておれ」

といって、女房を下へやった。なんしろ、反抗する奴はでてこい、痛い目にあわせてやる、という一人ぎめの社長や、柔道五段を鼻にかける編輯長のオソロイだから、タダではすみそうもない。私も腹をきめて、二人に会って、

「O氏に会って、たしかめたところでは、あんたに二十万円だしてもらったのは社長に

なってくれという意味ではないと断言していた。あんたが思いちがいをしたのは仕方がないが、だいたい社員に向って、反抗する奴はでてこい、若い者にヒネラせてやる、なんていう雑誌の社長があってたまるものか。あんたが社長をやめなければ、ぼくの一存で、今、この場で雑誌をつぶす。雑誌をやりたければぼくがつぶしたあと、やるがいゝ」

「社長から手をひく」

「あんたの二十万は、もう使ってしまって返されんそうだが、文句はないか」

「すすんでO氏に寄進したものだから、文句はない」

それで話はすんだ。

なんとか組のなんとか氏は、そうワカラズ屋の暴力団ではないらしかったが、H氏という女性的に神経質のニセ豪傑がひがんだ主観で事実を自分流にまげて伝えているから、変にこじれて受けとり、ごやしつければ文学青年はちぢみあがるもんだと考えて乗りこんだらしい。これは見当ちがいで、文学青年と不良少年はやさしくしてやるとなつくが、ごやしつけると、徹底的に反抗する、当日はそれで話はすんで、一応うちとけたが、なんとか組のなんとか氏が完全に了解したわけではなく、H氏を間にはさんだための食い違いはどうすることもできないものであった。

この日の話には、ちょッとした蛇足がついてる。私には忘れられない思い出であるから、ちょッとしるしておこう。

それから三人で酒をのんだが、酔ううちに、なんとか組のなんとか氏が、自分にはほかに芸がないが腕相撲だけが自慢だ、という。こいつは面白いというので、よろしい、一戦やろう、と私が挑戦したのは、先程からの感情の行きがかりではなく、単純にひとつヒネッてやろうという気持だけであった。

私は腕相撲などはメッタにやったことがないが、終戦直後、羽織袴で私のところへやってきた右翼の青年の集りの使者の高橋という青年（今、私の家にいる）、これも柔道二段らしいが、これをヒネッて、その時以来、腕相撲では気をよくしていたせいだ。

この高橋は、私のところへ講演をたのみに来たのである。右翼青年の集りが拙者に講演をたのむとは憎い奴め、ウシロを見せるわけにはいかないから、当日でかけて行くと、二十人ぐらいの坊主頭の若者どもが小癪な目をして私をかこんで坐る。この小僧めらが、と思ったから、天皇制反対論を一時間ばかり熱演してやった。歴史的事実に拠ってウンチクを傾けたのであるが、ウンチクが不足であるから、ちょッと傾けると、たちまちカラになる。こんな筈ではなかったが、と、あっちのヒキダシ、こっちのヒキダシ、頭の中をかきまわして、おまけに話しベタとくる。闘志は満々たるものだが、演説の方は甚だチンプンカンプンであったらしい。

その後、高橋はO氏の世話でY氏の雑誌社につとめ、なんとか組のなんとか氏事件の時には、私に泣きついた一味の末輩であった。これをどういう事情によってか腕相撲でネジ伏せたことがあり、腕相撲に関する限り、右翼壮士怖るるに足らずと気をよくしていたのが失敗の元であった。

なんとか組のなんとか氏と一戦やると、全然問題にならない。彼の腕は盤石の如く微動もしないのである。

「若い者を使っていると、どこかで威勢を見せないとバカにしますから、ひそかに年月をかけて猛練習したんです」

となんとか氏はタネをあかして笑った。それは謙遜で、厭味なところはなかったのだが、行きがかりがあるから、こう軽くヒネラれては、私も癪だ。酔っ払っているから、ムラムラとイタズラ気が起って、ひとつ新川のところへ連れていって、奴メと腕相撲をとらせコテン〳〵にしてやろうと考えた。

新川というのは本職の相撲とりだ。六尺三十貫、頭もあるし、順調に行けば、横綱、大関はとにかくとして、三役まではとれた男だ。不動岩とガブリ四ツになったハズミに、不動岩の歯が新川の眉間へソックリくいこんだのである。全治二カ月、人相は一変しそれ以来、目がわるく、夜はメクラ同然、相撲がとれなくなって、人形町でトンカツ屋をはじめたのである。醬油樽を弁当箱のように軽々と届けてくれる力持ちだから、なんとか組のなんとか氏が逆立ちしたって、勝てッこないにきまってる。

新川の店へ自動車をのりつけ、

「このなんとか氏は腕相撲の素人横綱だそうだから、君、ひとつ、やってみろよ」

というと、新川という男、身体は大きいがバカにカンのよい男だ、ハハア、安吾氏コテン〳〵にやられたな、オレに仇をとれという意味だなと見てとって、

「ヘッヘッヘ」

と笑いながら、「へ。あんたの力は、それだけですかい」などとやりだしたが、六尺三十貫の本職の相撲取だから、廃業して飲んだくれていたって、なんとか組のなんとか氏が全力をつくしても、ハエがとまったようなものだ。

私もことごとく溜飲を下げて、にわかにねむくなり、近所の待合へ行って、先に寝てしまった。私がねてしまったあとでなんとか組のなんとか氏は芸者を相手に待合で大騒動を

起したそうだが、これは腕相撲に負けたせいでなくもともと酒乱で、酔うときッとこうなるという話であった。私は白河夜船でその騒ぎを知らなかった。

翌朝、私が目をさまして、一人、新川の店へ散歩に行くと、新川が起きて新聞を読んでいる。

「先生、大変な奴が現れましたぜ」

「どんな奴が」

「まア、先生、これを見て下さいな」

新川は新聞狂で、東京の新聞をあるだけとっている。あの当時十いくつあったそれを三畳の部屋一ぱいにひろげて、当人は土間に立って、新聞の上へ両手をついてかがみこんで、順ぐりに読んでるのである。

新川の示す記事をみる。それが帝銀事件であった。私がなんとか組のなんとか氏と腕相撲していた時刻に、帝銀事件が起っていたのである。だから、私は帝銀事件に限ってアリバイがある。何月何日にどこで何をしていたというようなことは、自分の大切なことでも忘れがちなものだが、帝銀事件に限って、身のアリバイを生涯立証することができるという妙な思い出を持つに至ったのであった。

私は熱海大火の火元を知ると、いささか驚いて、

「なんとか組って、一人ぎめの社長が親分のなんとか組だろう？」

「イヤ。あれは親分じゃなくて、親分の実弟なんです」

と高橋が答えた。それで、なんとか組のなんとか氏が実の親分でないことをようやく知ったのである。

★

熱海大火後まもなく福田恆存に会ったら、

「熱海の火事は見物に行ったろうね」

ときくから、

「行ったとも。タンノウしたね。翌日は足腰が痛んで不自由したぐらい歩きまわったよ」

「そいつは羨しいね、ぼくも知ってりゃ出かけたんだが、知らなかったもので、実に残念だった」

と、ひどく口惜しがっている。この虚弱児童のようなおとなしい人物が、意外にも逞し

いヤジウマ根性であるから、

「君、そんなに火事が好きかい」

「あゝ。実に残念だったよ」

見あげたヤジウマ根性だと思って、私は大いに感服した。

私が精神病院へ入院したとき小林秀雄が鮒佐《ふなさ》の佃煮なんかをブラ下げて見舞いにきてくれたが、小林が私を見舞ってくれるようなイワレ、インネンは毛頭ないのである。これ実に彼のヤジウマ根性だ。精神病院へとじこめられた文士という動物を見物しておきたかったにすぎないのである。一しょに檻の中で酒をのみ、はじめはお光り様の悪口を云っていたが、酔いが廻るとほめはじめて、どうしても私と入れ代りに檻の中に残った方が適役のような言辞を喋りまくって戻っていった。

ヤジウマ根性というものは、文学者の素質の一つなのである。是非ともなければならない、という必須のものではないが、バルザックでも、ドストエフスキーでも、ヤジウマ根性の逞しい作家は、作家的にも逞しいのが通例で、小林と福田は、日本の批評家では異例に属する創造的作家であり、その人生を創造精神で一貫しており、批評家ではなくて、作家とよぶべき二人である。そろって旺盛なヤジウマ根性にめぐまれているのは偶然ではない。

しかし、天性敏活で、チョコ／＼と非常線をくぐるぐらいお茶の子サイサイの運動神経をもつ小林秀雄が大ヤジウマなのにフシギはないが、幼稚園なみのキャッチボールも満足にできそうにない福田恆存が大ヤジウマだとは意外千万であった。

私は熱海の火事場を歩きまわってヘトヘトになり、しかし、いくらでもミレンはあったが、女房がついてるから仕方がない。終電車の一つ前の電車にのって伊東へ戻った。満員スシ詰め、死ものぐるいに押しこまれて来ノ宮へ吐きだされた幾つかの電車のヤジウマの大半が終電車に殺到すると見てとったからで、事実、私たちの電車は、満員ではあったが、ギュウ／＼詰めではなかった。さすればヤジウマの大半が終電車につめかけたわけで、罹災者の乗りこむ者も多いから、終電車の阿鼻叫喚が思いやられた次第であった。

網代の漁師のアンチャン連の多くは火事場のごこで飲んだのか酔っぱらっており、とうとう喧嘩になったらしく、網代のプラットフォームは鮮血で染っていた。

伊東へついて、疲れた足をひきずり地下道へ降りようとすると、

「アッ。奥さん」

「アラア」

と云って、女房が奇声をあげて誰かと挨拶している。新潮社の菅原記者だ。ふと見ると、石川淳が一しょじゃないか。

「ヤ、どうしたの」

ときくと、石川淳は顔面蒼白、紙の如しとはこの顔色である。せつなげに笑って（せつないところは見せたがらない男なのだが、それがこうなるのだからなおさら痛々しい）

「熱海で焼けだされたんだ。菅原と二人でね。熱海へついて、散歩して一風呂あびてると、火事だから逃げろ、というんでね」

文士の誰かがこんな目にあってるとは思っていたが、石川淳とは思いもよらなかった。彼らは夕方熱海についた。起雲閣というところへ旅装をといて、散歩にでると、埋立地が火事だという。そのとき火事がはじまったのである。

火事はすぐ近いが、石川淳はそれには見向きもせず、魚見崎へ散歩に行った。菅原が罹災者の荷物を運んでやろうとすると、

「コレ、コレ。逆上しては、いかん。焼け出されが逆上するのは分るが、お前さんまで逆上することはない」

と云って、たしなめて散歩につれ去ったのである。魚見崎が消えてなくなることはある

まいのに。しかし、火事は一度のものだ。その火事も相当の大火であるというのに、火の手の方はふりむきもせず、アベコベの方角へ散歩に行った石川淳という男のヤジウマ根性の稀薄さも珍しい。

散歩から戻ってみると、火事は益々大きくなっている。しかしヤジウマ根性が稀薄だから、事の重大さに気づかない。

一フロあびてお酒にしようと、ノンビリ温泉につかっていると、女中がきて、火の手がせまって燃えうつりそうだから、はやく退去してくれという。御両氏泡をくらって湯からとびだし、外を見ると、黒煙がふきこみ、紅蓮《ぐれん》の舌が舞い狂って飛びつきそうにせまっている。ここに至って、逆上ぎらいの石川淳も万策つきて顚動し、ズボンのボタンをはめるのに手のふるえがとまらず、数分を要したという菅原記者の報告であった。

しかし、これからが石川淳の独壇場であった。

身支度ととのえ終って、旅館をとびだす。宿へついて、お茶をのんで、お菓子をくって、温泉につかってとびだしただけだから、

「要するに、君、ぼくは熱海の火事で、菓子の食い逃げしたようなものさ。茶菓子代ぐらい払ってやろうと思ったが、旅館の者どもは逆上して、客のことなぞは忘却しているよ。

ア ッ ハ ッ ハ」

と、自分だけ逆上しなかったようなことを云っているが、なんと石川淳は菅原をひきつれ、十分ぐらいで到着できる来ノ宮駅へも、二十分ぐらいで到着できる熱海駅へも向わずに、ただヤミクモに風下へのがれ、延々二里の闇路を走って、多賀まで落ちのびたのである。

彼の前方から、逆に熱海をさして馳せつける自動車がきりもなく通りすぎたが、同じ方向へ向って急ぐ者とては、彼らのほかには誰一人いなかった。彼らは一人の姿も見かけることができなかったが、事実に於て、この夜、彼らと同一コースを逃げた人間はたぶん一人もなかったはずだ。多賀へ行くには電車があるもの。電車はたった一丁場だが、これを歩けば錦ヵ浦から岬をグルグル大廻り、二里もあるのだ。土地不案内な人間なら、よけい雑踏の波から外れて逃げるものではなく、どう、とりみだしたって、こんなフシギな逃げ方をすることは考えられないのであるが、石川淳だけが、これを為しとげたのである。熱海の火事でも、いろんなウカツ者がいて、心気顚動、ほかの才覚はうかばず、下駄箱一つ背負いだしたとか、月並な慌て者はタクサンいたが、一気に多賀まで逃げ落ちたというのは他に一人もいなかったようだ。

石川淳は菅原をひきつれ、風下へ、風下へ、ひたすら逃げた。それでも全部の人心地を失わなかった証拠には、錦ヵ浦の真ッ暗闇のトンネルに突き当ってはハタと当惑。ここくぐるべきや、立ちすくんで、考えこんだ。

もとへ戻れば火が食いつくし

先はマックラ、トンネルだア

どうしよう

神さま、きてくれ

石川淳を知らねえか

ついに意を決してクラヤミのトンネルをくぐりぬけ、二里の難路を突破して、一命無事に伊豆多賀の里に辿り着くことができた。古《いにしえ》に三蔵法師あり。今に石川淳あり。かほどの苦難の路は、凡夫は歩くことができない。

事の真相をここまで打ち開けて語るのはツレナイことかも知れないが、石川淳の逃げだした起雲閣という旅館は、隣まで焼けてきたがちゃんと残っているのであった。私は焼跡を見物して、焼け残った起雲閣を目にした時には、呆然、わが目を疑ったのである。偉なる哉、淳や、沈着海のごとく、その逃ぐるや風も及ばず。

戦争中の石川淳は麻布の消防団員であった。警察へ出頭を命ぜられ、ムリに任命されてしまったので、

「むかし肺病だったが、それでも、よろしいか」

「結構である」

「下駄ばきで消火に当るのは、不都合であるから、靴を世話したまえ」

「下駄ばきでも不都合ではない。誰もお前が東京の火を消しとめるとは期待していない。すでに東京はあの通りだ」

と云って焼野原の下町を示して見せたそうである。

焼け残った銀座の国民酒場で、私はよく彼とぶつかった。我々は一パイのウイスキーをのむために必死であったが、彼は下駄ばきに、背に鉄カブトをくりつけ、それが消防団員石川淳の戦備とととのった勇姿の全部であった。

熱海の大火では、空襲下の火災の錯乱が見られた。つまり多くの人々は、避難ときくや、まッさきに、米、食物の類を小脇にかかえて走り去り、すでにそれらの物品の入手が容易であることを忘れていたのである。食物の次には、身の廻りの日常品。散々不自由した恐怖がぬけていないのだ。最初から金目の品物に目をつけたのは、相当落着いた人間か、火

事場泥棒に限られていたそうだ。

罹災者への救援はジンソクで、又至れり、つくせりであった。

私は焼跡の林屋を見舞い、それから水口園へ行って仕事しようと思ったが、原稿紙は持って出たが、洗面道具を忘れてきたので、一式買ってきてくれと女中にたのむと、すぐ戻ってきて、

「ハイ、歯ブラシ、タオル、紙……」

「いくらだい」

「イエ、タダです。エプロンをきて、ちょッと、こう、リリしい姿で行きますとね。なんでもタダでくれます。熱海の罹災者は楽ですよ。一日居ないと損すると云って、みんな動きません」

こんなわけで、私は熱海の罹災者の余沢を蒙った。

「こんなに日常品をジャン〳〵くれると知ったら、身の廻りの安物には目もくれず、重い家具類をだすんだった」

というのが、熱海の罹災者の感想で、新しい現実の発見でもあったようだ。つまり、戦争時代の終滅と、新しい現実の生誕を、ハッキリと、改めて発見したのだ。

しかしながら、戦争の終ったことを発見するということは、甘い現実を知ることではない。むしろアベコベに自由競争の厳しい現実を身にしみて悟ることでもあり、そこで熱海がこの焼跡から何を悟ったかというと、糸川の復興なくして熱海の復興はあり得ずということなのである。

道学先生がいくら顔をしかめてみたって、現実はどうにもならない。遊ぶ中心を失うと遊覧都市は半身不随で、熱海は現に魂のない人形だ。熱海銀座と糸川がなくなると、この町は心臓を失ってしまうのだ。

私の住む伊東では、風教上よろしくないというので、遊興街を郊外へ移しつつある。これでは話がアベコベだ。温泉地というものは中心が遊楽であるのが当然で、したがって街の中心も遊興街、温泉旅館街で構成さるべきであり、風教上よろしくないと思う人が、郊外へ退避すればよろしいのである。

だいたい伊東というところは、団体客専門の旅館ばかりで新婚旅行や、私たちのようにそこで仕事をしようという人種の落着くことができるような設備をそなえた旅館が殆どない。

熱海となると、新婚旅行や文士に適した静かな旅館も多く、それはおのずから中心を離れて、郊外に独自の環境を保っている。伊東はドンチャン騒ぎの団体旅館で構成されているくせに、風教上よろしくないというので、パンパン街を郊外へ移すというから笑わせるのである。

先日も伊東のＰＴＡの人が私に嘆いて曰く、

「伊東に温泉博物館と図書館をつくるという案があるのですが、そういった文化施設には殆ど金をかけてくれないのですな」

これも妙な嘆きである。温泉へくる客はバカのようにノンビリと日頃の疲れを忘れようというわけで、勉強にくるわけではないから、博物館や図書館などに金を投ずるよりも、気持よく遊楽気分にひたらせる設備が大切なのだ。本を読むために温泉へ行く人もあろうが、読書家を満足させる本は図書館にはない種類のもので当人の書斎から持ってくる性質のものだ。

文化ということは温泉に博物館や図書館をつくるということではなくて、温泉は遊びにくるところだから、気分のよい遊び場としての設備をととのえるべきで、博物館や図書館などは無用の長物だということなどを知ることにあるのである。物に即してそれぞれの独自の設備が必要なのだ。

これにくらべると、熱海が自分の中心としてパンパン街をハッキリ認識したことは、正当な着眼だ。中心街の雑音がうるさかったり、風教上よろしくないと思う方が郊外へ退避すればよろしく、それが温泉都市の健全な在り方というものだ。

現に私は静かな部屋で仕事をしたいと思う時には、熱海へ行く。熱海には、中心街の雑音を遠く離れた静かな旅館がいくつもあるのだ。街の中心は局部的にいくら雑音が多くても構わない。むしろ局部的に、雑音を中心街に集中するのが当然だ。

★

私は熱海というところを、郊外の旅館で仕事のために利用してきたから、中心街を長いこと知らなかった。今年までは糸川を歩いたこともなかったのである。たまたま林屋旅館を知るようになり、どんな真夜中に、電車も旅館もなくなって叩き起しても、イヤな顔せずに歓迎してくれるから、時ならぬ時に限ってここを利用し、したがって糸川の地を踏むようになったが、その奥のパンパン街を散歩したのは、たった一度しかなかった。私はこういうところは、半生さんざん歩いてきたから、今さら新天地を開拓するような興味が起らなかったのである。

今度の巷談に、熱海復興の様相をさぐれということで、熱海復興は糸川から、と叫んでいるぐらいだから、糸川見物にでかけることにした。

糸川の女たちも、糸川が復興するとは思わず、これで熱海は当分オサラバと思ったろう。私が火事を見物している時にも、糸川の女だけがホガラカで、ハシャイでいる唯一の人種であった。彼女らのある三人は、小さな包みを一つずつ持ち（それが全部の財産だったろう）来ノ宮の駅で、包みを空中へ投げながら、

「さらば熱海！　熱海よサラバ！」

火に向って叫んで笑いたてていたのである。

彼女らにとっては天下いたるところ青山ありである。火事場を逃げたその足で、伊東のパンパン街へ移住したのもタクサンいた。

約半数が他へ移住し、半数が焼跡に残り、焼けない家にネグラをつくって、街頭へ進出して商売をはじめた。これが熱海の新風景となって人気をよび、熱海人士に、市の復興は糸川からと悟らせ、肩を入れて糸川復興に援助を与えはじめたから、伊東その他へ移住した女たちも、みんな熱海へ戻り、熱海の女でない者まで熱海へ走るという盛況に至ったの

である。

もっとも、糸川町はまだ五軒ぐらいしかできていない。多くの女は他にネグラをつくって、街頭で客をひいているのだ。

私は土地の人の案内で、糸川のパンパン街へ遊びにいった。私はそこで非常に親切なパンパンにめぐりあったのである。彼女は私をさそって、熱海の街をグルグルと案内してくれたのである。焼跡のパンパンの生態を私に教えてくれるためである。あれもパンパン、これもパンパン。彼女の指すところ、イヤハヤ、夜の海岸通りは、全然パンパンだらけである。駅からの道筋にも相当いる。

若い男と肩を並べて行くのがある。

「あれ、今、交渉中なのよ。まだ、話がきまらないの」

「どうして分る？」

「交渉がきまってからは、あんな風に歩かないわよ」

と云ったが、どうも素人の目には、交渉中の歩き方にその特徴があることを会得することができなかった。

「ここにも、パンパンがいるのよ。この旅館にも三人」

と彼女はシモタ屋や旅館や芸者屋を指して、パンパンの新しい巣を教えてくれた。至るところにあるのである。

糸川の女は、とりまえは四分六、女の方が四分だそうだ。しかし食費などは置屋が持つ。公娼制度のころと変りは少いが、ただ自由に外出ができるし、お客を選ぶこともできる。それだけの自由によって今のパンパンが明るく陽気になったことはいちじるしい。もっとも、これだけの自由があれば、我々の自由と同じものを彼女らは持っているのである。資本家と労務者の経済関係というものは、どの職域にもあることで、ほかの職域の人々はクビになると困るが、彼女らはこまらない。全国いたるところ、自分の選択のままであり、みんな青山というわけだ。だから彼女らは、ほかの職域人にくらべて、クッタクなく、ショシボリしたところもないのである。むしろ甚しく自由人というわけだ。

しかし、公娼というものは、制度の罪ではなくて、日本人の気質の産物ではないかと私は思っているのである。現在、公娼は廃止されているというが、表向きだけのことで、街娼以外の、定住したパンパンは公娼と同じこと、検診をうけ、つまりは公認の営業をやっているのである。

私は新宿へ飲みに行くと、公娼のところへ眠りに行くのが例である。むかし浅草で飲んでたころも、吉原へ眠りに行った。どちらも電車の便がわるくて家へ帰れなくなるせいだ。公娼のところでは、酒をのむ必要もなく、ただ、ねむれば、それでいい。私はヒルネをするために、公娼の宿へ行くこともある。なぜなら、昼の旅館を訪れて、二三時間ねむらせてくれと頼むと、自殺でもするんじゃないかというような変な目でみられたり、ねむるよりも、起きているにふさわしい寒々とした部屋へ通されて、まずお茶をのまされ、つまり、日本の旅館はただねむるというホテル的なものではなくて、食事をして一応女中と笑《じょう》談《だん》でも云い合わなければ寝る順がつかないような感じのところだ。

公娼の宿はそうではなくて、食事も酒もぬきであり、ねむいから、ほッといて、二三時間ねかしてくれと、いきなりゴロンとねてしまってもそれが自然に通用するところなのである。

私はよく思うのだが、銀座の近くに公娼の宿があるといいなと思う。終電車に乗りおくれてもネグラがあるし、第一、ヒルネに行くことができる。公娼の宿がないから、仕方なく、普通の旅館へヒルネに行くことがあるが、二三時間ねかしてくれ、とたのんでモタモタしていて、いつか、ねむれない気分にされてしまう。

これは在来の公娼の生態を私が自分流に利用しての話だが、しからば表面公娼が廃止され、彼女らに自由が許された現在、どうかというと、昔とちッとも変りがないのである。

たしかに彼女らには自由が許されている。これは嘘イツワリのないところだ。彼女らは公娼というワクの中でいくらでも個性を生かして生活したり営業したりできるはずが、そんなものは見ることができない。

私を外へ誘いだして熱海中グルグル案内してくれたパンパンなどは異例の方で、だいたい外へも出たがらないようなのが多い。新宿で私が眠りに行きつけの家も、終戦後十何人と変った女の中で、好きでダンスを覚えて、ホールへ踊りに行くのは、たった一人、大半は映画も見たがらず、ひねもす部屋にごろごろして、雑誌をよんだり、ねたりしているだけである。特にうまいものを食べたいというような欲もなく、支那ソバだのスシだのと専門店のものがうまいと心得ていても、特にどこそこの店がどうだというような関心もない。熱海中私を案内したパンパンは、スシはここが一番よ、とか、洋菓子はここだとか、その程度は心得て、一々指して私に教えてくれたが、

「重箱ッてウナギ屋知ってるかい」

ときいてみると、知らない。この店は熱海の食物屋では頭抜けたもので、小田原も三島も及ばぬ。東京も、ちょッとこれだけのウナギを食わせる店は終戦後は私は知らない。こ

ういう特別なものは、彼女らは知らないし、関心も持っていない。

自由が許されても、彼女らは鋳型の中の女であり、ワクの中に自ら住みついて、個性的な生き方をしようとしない。彼女らがそうであるばかりでなく、日本の多くの「女房」がそうで、オサンドン的良妻、家庭の働く虫的なものから個性的なものへ脱皮しようとする欲求を殆ご持っていない。

未婚時代はとにかく、ひとたび女房となるや、たちまち在来のワクの中に自ら閉じこもって、個性的な生長や、自分だけの特別な人生を構成しようという努力などは、ほとんご見ることができなくなる。

ねむいよ、ねむいよ
ねむたかったら
女房とパンパンが
待ってる

私がこう唄ったからって、世の女房が私を攻撃するのは筋違いで、口惜しかったら、生活の中に、自分の個性ぐらいは生かしたまえ。諸氏ただ台所の虫、子育ての虫にあらずや。

私は三年ぐらい前に有楽町の当時五人の姐御の一人の「アラビヤ」という三十五ぐらい

の姐さんと対談したことがあった。

たまにお客に誘われ、田舎の宿屋へ一週間も泊って、舟をうかべてポカンと釣糸をたれているのも、退屈だが、いいもんだ、と云っていた。アラビヤがそうであったが、街娼は概して個性的だ。つまり保守農民型は公娼となって定住し、遊牧ボヘミヤン型は街娼の型をとるのかも知れない。

現在の日本は、公娼と街娼が混在しているが、果していずれが新世代の趣味にかなって生き残るかということに、私は甚しく興味をいだいているのである。

しかし、東京のような大都会に於ては、長い年月をかけて、やがて「時間」がその結論をだすまで待つ以外に仕方がないが、熱海のような小都会では、もっと早く、その結論の一端が現れそうな気がする。大火によって、熱海には、はからずも公娼と街娼が自然的に発生した。あるいは熱海市が自分の好みで一方を禁止するかも知れないが、そうしないで、ごっちが繁昌し、彼女らの動向が自然にごッちへ吸収されるか、実験してみるのも面白いだろうと思う。

街娼というものが個性をもち、単なる寝床の代用でなくて、男に個性的なたのしさを与えるようになれば、それはもうパンパンではなくて、女であり、本当の自由人でもある。

日本のパンパンが自らそこへ上りうるか、どうか。又、日本の男が、パンパンのそうした個性的な成長を好むか、どうか。これは私も実験してみたい。

街娼ということは、決して街頭へでてタックルするというだけのものではない。アラビヤがそうであったように、自分の個性と趣味の中へ男を誘って、その代償に金をうけとることを云う。パンパンがそういう風に生長してしまうと、さしずめ私は街の寝床を失ってヒルネができなくなるが、そのころには気のきいたホテルができて、簡単にヒルネを解決してくれるだろうから、ヒルネに困りもしなかろうと思う。

どういうわけで熱海の糸川があれほど名を売ったか知らないが、実質はきわめてつまらぬ天下どこにも有りふれた公娼街にすぎないのである。地域的にも小さくて、むしろ伊東のパンパン街が大きい。

糸川がいくらかでも、よそと違うとすれば、女と寝床のほかに、温泉がついてるだけだ。小さな、陰気な浴室が。

こんな有りふれたつまらぬものでも、それで名が通ってしまえば、やっぱり熱海の一つの大きな看板だ。熱海市のお歴々が、熱海の復興は糸川から、と、今さらいと真剣に考えはじめ、しかめつらしい顔をそろえてパンパン街の復興の尻押しに乗りだしたからといって、笑うわけにいかない。

温泉都市の性格が、今のところは、そういうものなのだから、仕方がないのだ。名物をつくるというのが大切なことで、温泉都市の賑いは、その名物に依存せざるを得ないのである。

熱海市は大通りを全部鉄筋コンクリートにさせるというが、これも狙いは正しく、すくなくとも熱海銀座はそのように復活することによって、一つの名物となりうるであろうが、それはいつのことだか分らない。

これに比べれば糸川の復活は木と紙とフトンとネオンサインによって忽ち出来上るカンタンなものであるから、熱海の復興は糸川から、お歴々がこう叫ぶのは筋が通っているのである。

しかし糸川が復興したころは、散在した街娼の方が熱海の名物になっているかも知れん。しかし、これらの街娼は、大火によってネグラを他にもとめただけで、一挙に個性的なボヘミヤンに進化したわけではないのだから、実質的な変化は恐らく殆ご見られまい。しかし、これを長くほッたらかしておくと、やがて街娼はボヘミヤン型に、公娼は保守農民型に、自然に性格が分れていくのも当然だ。

今度温泉都市法案とかなんとかいうものが生れて、熱海と伊東と別府、三ツの温泉都市を選び、国家の力で設備を施して、日本の代表的な遊楽中心都市に仕立てるという。これについては、住民の投票をもとめ、半数以上の賛成によって定めるのだそうだ。

温泉都市の性格は、たしかに、そのようなものでもあって、その設備は土地の人間の利害や好みだけで左右すべきものではなくて、いわば、日本人全体の好みによるべきものだ。熱海は熱海市民のものだけではなく、日本人全体のもの、遊覧客全体の所持物でもあるのだ。それが温泉都市の性格というものである。

だから、温泉都市の諸計画が、その土地の人たちの自分だけの利害や、小さな趣味で左右されるのは正しいことではない。

すくなくとも、熱海の復興は、かなり多く自分の利害をすて、遊覧客全部のもの、という奉仕精神を根本に立てることを忘れていないので、復興が完成すれば、熱海の発展はめざましいだろうと思われる。

食事は皆さんお好きなところで。閑静、コンフォタブルな部屋だけかします、というホテルがたくさんできて、中心街にうまい物屋がたくさんできれば、私は大へん助かるのだが、今度の復興計画には私の趣味まで満足させてくれるような行き届いたところはない。

しかし熱海はすでに東京の一部であり、日本の熱海であるような性格をおのずから具えつつあるのだから、もう、これぐらいの設備を考えてもいいのじゃないかなと私は思う。

熱海のオジチャン
ヒゲたてて
糸川復興
りきんでる

しかし、てれる必要はないのである。なぜなら、今に日本の総理大臣官邸に於ては、大臣どもが閣議をひらいて、日本の糸川の建設計画について、ケンケンガクガクせざるを得ないようになるだろうからである。

熱海のすみやかなる、又、スマートなる復興を祈る。

ゴミは

月《げつ》澹《たん》荘《そう》綺《き》譚《たん》

三島由紀夫

一

私は去年の夏、伊豆半島南端の下田に滞在中、城山の岬《みさき》の鼻をめぐる遊歩路がホテルから程よい道のりなので、しばしば散歩をした。滞在の第一日には岬の西側をとおり、強い西日を浴びながら、角を曲る毎に眺めを一変させる小さな入江入江を愉しんで歩いた。その入江が、岬の鼻へ近づくに従って、次第に荒々しい荒磯《ありそ》になる。長大な岩が蝕《むしば》まれ、大きな破壊のあとのように乱雑に折れ重なっている。岬の突端の茜島《あかねじま》へ渡る茜橋のところまで来ると、そこではじめて強い東風に当った。

私は茜島へ渡った。そして烈しい日にますます背を灼《や》かれた。

茜島は人の住まぬ荒れた小島で、丈の高い松は乱雑に交叉《こうさ》し、斜陽はとなりの松の枝影をこちらの幹へありありと映していた。

坂をのぼる。坂の頂きに、稲妻形の枝をさし出した大松が二本、左右に門のように立って、その彼方《かなた》に青空が再び拓《ひら》ける。その先には岩壁を穿《うが》った洞門がある。これをくぐると道は絶えて、岩場の上をかすかに足がかりが伝わり、海燕《うみつばめ》がさえずり飛ぶ島の南端へ出た。そこは直ちに太平洋に面している。

私は岩にもたれて、そこかしこを眺め渡した。荒磯は夕影に包まれているのに、海は夢のようにかがやいていた。

見上げると、私の背後には茜島の南端の断崖《だんがい》がそそり立ち、その頂きには松が生い、木々が繁っている。岩のあらわな集積が、やがて頂きに近いあたりで、はじめて草の芽生えをゆるして、そこから上方へ徐々に稠密《ちゅうみつ》に緑に犯され、繁みの下かげには黄いろい小花や、灌木《かんぼく》がつけた点々とした赤い実も見えている。夏茱萸《なつぐみ》ではないかと私は思った。

その頂きあたりのいかにも常凡な草木のすがたと、裾から半ばまでの赤むけになった肌のような岩のおもてとが、あんまり対照がきわやかなので、そのどちらかが仮装であって、一方が一方に化けかけて、化け損ねた姿をそのままさらしているかのようである。

私は次に目を足下へ移した。そこには赤い粗い岩の間に小川ほどの水路があり、私の居場所と突端の荒磯とを隔てている。それが右も左も低い洞穴で海に通じているので、その水路は波の去来によってたえず動揺している。両側の粗い岩肌からいちめんに滝を引きながら、水が俄《にわ》かに深く凹《へこ》んでゆくかと思えば、たちまちそれが膨らみ昇って、波立ち、泡《あわ》立ち、白い泡沫《ほうまつ》の斑《まだら》で水路をいっぱいに充たす。その大幅な変化が、不安で、怖《おそ》ろしげに見える。水があたかも、呼吸をして伸び上りふくれ上る異様な生き物のように見えるのだ。

それがごこまでふくれ上るかわからないほごになると、再び急激にしぼんで、水底をあらわすまでに干るのである。

見るうちに私は、何とも知れぬ不安な情緒にかられてきた。水は黒くふくらみ、赤い粗岩のあいだに、烈しい不気味な動揺をやめなかった。目を放って沖を見る。すると、その輝かしさが私の不安を救った。

海風はさわやかに私の頰を打ち、沖をゆく貨物船は左舷《さげん》に西日をうけてまばゆい白のかがやきを見せ、沖の夏雲の形は崩れておぼろげながら、一面にほのかな黄薔薇《きばら》の色に染っていた。

……すでに五時十分前であった。

私は帰路をとり、さっきの洞門をくぐり、稲妻形の松の枝の下道を下りた。そこで西日に直面した。路上の礫《こいし》もことごとく鈍く光り、路の辺《べ》の深草は数しれぬ黄金の曲線をさしのべ、草のうなだれた項《うなじ》はみな金を帯びた。そしてかなた、松の交叉した幹のあいだに、磯は白くかがやいていた。

私は西橋を渡って岬へ戻った。そこでもと来た道を辿《たど》ればホテルへかえる。日が沈むまではまだ間があるので、逆のほうへ歩き出した。そうして歩き出したばかりに、私はあの異様な物語の中に身を涵《ひた》す羽目になった。

二

岬の道を東へ向いながら、私が探したのは城山公園へのぼる近道である。城山はすぐそこにある。しかし公園へゆく道しるべは見当らない。

私はゆきずりの男女にその道を訊《き》いた。男はこの土地の者ではないと言って、答えなかった。

海のほとりの崖《がけ》に架した小屋があって、その暗い筵《むしろ》の床で、網を繕っている老人がいた。顔も体も真黒に日に灼けて、その暗い中に、頭に巻いたタオルの白だけが目立っている。私の質問の声をきいたらしく、小屋のなかから胴間声がひびいて、こう言った。

「公園かい？　公園なら、あそこの石切場のわきの、立札のあるところから登ってゆけば近道だよ。道はせまくて、歩きづらいがね」

「そうですか」と私は勢いを得て、反問した。「それなら、月澹荘《げつたんそう》もそのへんですか」

答はなかった。私は老人が面倒になってこの反問に答を渋ったのだろうと想像した。そして、ありがとうと言い捨てて、歩きだした。

小屋の戸口へ出て来て、老人が私を呼んでいた。答を渋ったようにみえたのは、鈍い動作で立上って私を追おうとしたのであるらしい。私は立止り、全身をあらわしたその老人の姿を熟視した。

老人は素肌に半纏《はんてん》のようなものをまとっていたが、顔はのみを荒っぽく的確に使って作った面のように、単純な目鼻立ちなりに深く皺《しわ》が刻まれ、それが短く刈った白髪の下に黒《こく》檀《たん》の光沢を放っているのが、実に獣的なものを感じさせた。その顔のどこと言って忌わしいところはないのに、無表情で単純すぎる老人の顔が、何か暗い獣の魂のようなものを想像させたのである。

「月澹荘と言ったね」

と老人は私に呼びかけて言った。

「そうです」

「ここ三十年来、月澹荘のことは訊いた人もいない。あんたは若いのに、どうして知っているんだ」

私は歩を転じて老人に近寄った。

「ただ名前を知ってるだけです。明治の元勲の大沢照久が、城山の麓《ふもと》に月澹荘という別荘を営んだという話を読んだことがある。名前が気に入ったので憶《おぼ》えていたのでしょう。いつか下田へ来たら見てみようと思っていたのに、案内書にも出ていない。月澹荘という名は、唐の呉子華の、

『月澹《あわ》ク煙沈ミ暑気清シ』

という七言絶句から来ているにちがいない。夏の別荘には実にいい名だ。僕はそういう方面の研究を少ししているので……」

大体無教育な人間にむかっても、相手に準じて程度を下げた会話をしないという私の流儀は、人から厭味《いやみ》に思われたことも屢々《しばしば》だが、私は私で自分の流儀の正しさを信じている。それは却《かえ》って相手の胸襟《きょうきん》を容易に披《ひら》かせ、その中に思いがけない共通の知識を発見させて喜ばせることもできるのだ。

事実、老人はすぐさまこの古詩の引用に反応してきた。

「そうです。そう聞いていました。

『月澹ク煙沈ミ暑気清シ』

そうでした。たしかにそれです」

と言葉まで改まって、はじめてその無表情な顔に喜びの影に似たものが動いた。さらにこう言った。

「こんなことを言ってくれる人に会ったのは、何十年ぶりだろう。月澹荘が焼けてから、そうだ、もうかれこれ四十年になるというのに」

「それは知らなかった。月澹荘はもう四十年も前に焼けたんですか」

「そうです。ほら、あそこの石切場、あそこがむかし月澹荘のあった場所です」

老人はさっき公園への道を教えたところを、もう一度指さした。そこは山ふところに白い石の露床があるだけで、粗末な小屋が崖際に立ち、人影は見えなかった。赤い点々としたものが草のあいだに散っているのは、茜島で見たのと同じ夏茱萸らしかった。

私はその何もない空間を眺め、自分が何で月澹荘にそれほどご執着していたのか、われながらわからなくなった。それは明治政治史の小さな一齣《こま》にすぎず、大沢照久侯爵は、当時わざわざ不便なこの場所に別荘を建て、東京から船旅をして下田港へ入り、ここでその人ぎらいの休暇をすごし、「月澹荘日録」という明治政界の回顧録を書き残したにすぎない。それもいっそ散文的な端的な回顧録であればよかったのだが、侯爵は日録の体裁をとって、下田の風光を織り込んで、似而非《えせ》風流に充ちた記録を残したのである。

私は四十年も前に焼けたという別荘の跡に、何一つ昔を偲《しの》ばせるものが残っていないことに、別段おどろきはしなかった。そればかりか、その別荘は果たして本当に存在したかどうかさえ疑われた。今や私と老人の脳裡《のうり》にだけあって、誰の記憶からも拭い去られ、夢の煙のようなものになった月澹荘は、大ていの地上の権力と同じ道を辿ったのである。

老人は私に一寸《ちよつと》待ってくれと言って小屋へ立戻った。待つうちに、入江の影はこまやかになり、夕日のうつろいは迅《はや》くなった。来た方を眺めると、岬の西側に面した茜島の一角だけが、なお灼けた光の中にあった。

老人は小ざっぱりしたシャツにズボンの姿で、草履を引っかけて現われた。そうすると、年も十ばかり若く見え、足もとも確かになったように思われた。

人を待たしておきながら、後を見ずに歩きだす老人を私は追って、ようやく老人が私に案内をしてくれる心算《つもり》なのを知ったときは、すでに石切場の月澹荘の邸跡に立っていた。石材はそこらに白いかがやく断面を見せてころがり、あたりの草も白い石の粉をかぶっていた。

ここから見ると、小さな入江の右に茜島の背が聳《そび》え、左の山が港の雑多な眺めを隠し、ただ船の出入りを沖に眺めるだけで、別荘がひろい敷地を持ってここに納まっていたときには、海の無疵《むきず》の景観を自分のものにしていたことがわかる。

「そのへんに門があった」

と老人は海ぎわの斜面を指さして言った。

「そこから石段が上って来とった。ここらあたりに玄関があり、あんたの立っているあたりに枝折戸《しおりど》があって、ここらは結構なお庭だった。若奥様もはじめてここへ来られたときは、庭の美しさにおどろいておられたものだ」

「若奥さんというのは？」

「つまり二代目の侯爵の奥様だよ」

と老人はうるさそうに言い捨てて、突然、自分一人の回想の中へ深く潜ってしまった。

それは、まるで、救いの手をさしのべる暇もなく、目の前にいた人間がいきなり深い井戸へ落ちたのを見るかのようで、私はこの老人の表情に現われていた無感動が、実は彼がその感情生活の大部分を古い記憶の一点にだけ預けてしまっているせいだと気がついた。

彼は一つの石に腰を下ろすと、傍らの草むらから夏茱萸の実をつまみ取り、それを口に入れるでもなく、不機嫌に指の中でおもちゃにしていた。やがてあけたその掌は真赤に染った。

そうして老人は語りだした。

「その若奥様が、二代目の殿様のところへお輿入《こしい》れになった最初の夏、はじめてお揃《そろ》いで月澹荘へお出でになった。実に美しい方でね。大正十三年の夏のことだった。……」

「一寸待って下さい」と私は話を遮《さえぎ》って言った。「あなたがここへ来るとき、何故《なぜ》改まって着更《きが》えをしてきたか、僕には何だか気になったが……」

「お邸跡へ来るときはいつも着更えをするのだ。ここはもと、あの美しい若奥様が、庭の花を摘まれたり、茱萸の実を摘まれたり、お女中を連れて散歩をされたりした場所だからだ」

と老人は言った。

三

以下は私が老人からきいた話である。

老人が行きずりの誰にでもそんな話をしてきたとは思われない。見ず知らずの私にそんな秘密の昔語りをしたについては、よほど彼の心の奥底に、私の何気ない問いかけによって、触発されたものがあったからであろう。月澹荘の名が完全に忘れられて三十年の余も経ったのちに、ふとした機縁で私の口からその名が呼ばれるのをきき、突然呼びさまされたものがあったからであろう。

老人は子供のころの記憶で、ぼんやりと初代の侯爵をおぼえている。それは気むずかしい痩《や》せた年寄で、遠くからその姿をおそるおそる眺めていたにすぎない。老人、と言うよりは、今はその名の勝造と呼んだほうがいいが、勝造が月澹荘の生活に近づいたのは、夏のあいだの侯爵家の嫡男の遊び相手としてであった。嫡男は照茂と言い、勝造より一歳上であった。

照茂は子供のころから、何一つ自分の手を汚そうとしなかった。父の照久は下級武士の出身であったが、一代で貴顕の列に連なり、大名華族をまねた生活をするうちに、子供の照茂は、あらゆる精力を父に奪われて、ただ父が自分の幼時にかけた夢を代行するだけになった。彼はふところ手をしているうちに、すべてが思うがままに運ばれる育ち方をした。

はじめ、子供の勝造はさすがにそういう照茂を快く思っていなかったが、次第に馴らされて、自分の役を忠実に演ずるようになった。いつのまにかそれが不快でなくなったのである。

のみならず勝造には、又照茂の来る次の年の夏が待たれた。月澹荘は季節外れには勝造の父が別荘番をし、諸事管理に気をつけていたが、庭木の手入れなどに、馴れない漁師の父が手こずっているのを、勝造はたびたび手つだった。彼は殿様の庭をわがもの顔に歩くのをよろこんだ。夏のあいだ、照茂の遊び相手に庭へ入ることができても、殿様の目の届くところでは気ぶっせいだったからである。

照茂はふしぎな子供だと、勝造には思われた。たとえば蜻蛉《とんぼ》を釣るにしても、自分では決して釣らず、勝造に釣らせて、それをただじっと見ている。何が面白いのかと勝造は思うが、照茂は無表情に、細大洩らさずじっと見ていて、内心大へん面白がっているのがわかる。

照茂は無口で、動作もあまり敏活でなく、ただ目だけが潤んで大きく、その目でじっと見られると、勝造は何だか抵抗できないような気がする。しかし照茂は、つかまえた蜻蛉の羽根をむしったりすることはない。動物をいたぶったりすることで、田舎の強壮な子供をいたぶることのできない弱い体力の埋合せをしたりすることはない。ただ、じっと静かに見て、たのしんでいる。行為は必ず、人に命じてやらすのだ。

その目は実に美しくて冷たく、勝造はそれを上等の眼鏡のレンズのようだと思った。彼のそのじっと見つめて愉しむだけの無害な目は、照茂がだんだんに成人し、初代の侯爵が死に、その家督を継いだのちになっても変らなかった。少年時代の照茂は、勝造と魚釣りに行ったりすることもあったが、これも蜻蛉釣りと同様に、自ら進んで魚釣りに熱中するようなことはなかった。見かねた勝造が竿《さお》をとって、巧みに魚を釣り上げると、それを見ていることのほうが、照茂にとっては喜びであることがありありとわかった。

照茂は夏のあいだ、あまり本を読んでいるようにも見えなかったが、学校では大そう成績がよいのだという話を、勝造はきいて尊敬していた。しかし勝造が知識欲にかられて何かと質問すると、かすかに笑って答えず、勝造はそういう質問がいやがられていることを知った。

彼の目はあいかわらず、感動もせず、水のような淡々とした喜びに充ちて、人にやらせることに向けられていた。それは何だか孔子だとか、支那の聖人の目というものはこういうものではなかったかと思わせた。切れ長で、ほんのすこし出目で、高い冷たい鼻梁《びりょう》の両側に、知恵のよろこびに涵《ひた》っている二顆《か》の水晶のように、静かな光を放っていたのである。

四

……老人の話はなおつづく。

その目だけをとってみても、勝造は的確に照茂の成長の跡を辿ることができない。尤《もつと》も勝造はほぼ同年の身を共に成長してきたのであるから、それは無理もないが、いつのまにか、いくたびの夏を重ねて、照茂が成人に達すると同時に、結婚したというしらせをきいたときはおどろいた。勝造は自分の人生にとって、結婚などははるか先のことだと思っていた。

夏になって、新婚の夫婦が月澹荘へやって来、そこではじめて勝造は新夫人に紹介された。仰ぎ見るのも憚《はばか》られるほど美しい人だと思った。

若夫婦は大へん仲が良いように見えた。そして勝造の役目は、舟遊びに舟を漕《こ》ぐことのほかには、もうなくなったように思われた。

勝造が若夫人をじっと見詰めることができなかったのは、彼女が美しかったためばかりではない。それには結婚前の照茂について、あまりに多くのことを知っていたので、それを察した夫人の質問を怖れたのである。

その夏の或る夕方、照茂はたまたま一人でスケッチ・ブックを抱えて家を出ていた。結婚してから、彼には新しい道楽ができた。当時もっともハイカラな趣味の一つで、画帳を抱えてスケッチをとりに行くのである。彼はまだ習いたての拙技を恥じており、妻を伴って行くこともしなければ、勝造にも見られたがらなかった。勝造は、そうして照茂がはじめて彼にふさわしい静かな「見ること」の道楽を得たのを喜んだ。

その照茂がスケッチに出かけた夕方は、彼ら夫婦が月澹荘へ来てから十日目ごろのことで、勝造が浜から上ってくると、丁度このあたりの門前に若夫人が立っていた。

そうだ、彼女が立っていたのは、丁度私が腰を下ろしている、このあたりだ、と勝造は言った。夕日を浴びて、海のほうを向いて、門の石段のところに立っていた。

月澹荘は彼女の背後に聳え、甍《いらか》を夕日に輝かせ、先代からの生活の威をひそかに誇っているように見えた。人ぎらいの大沢侯爵の建てた家であるから、それは多少の明治風のこけおどしを残しているとはいえ、徒《いたず》らに宏壮な邸ではない。しかし先代の生きているあいだ、それは下田でもっとも畏敬《いけい》された邸であり、門前をとおる人も声をひそめるほどの威厳を持っていた。

その玄関の屋根の雅致のある洲浜瓦《すはまがわら》、母屋のおおらかな入母屋《いりもや》屋根、海と茜島の眺めを借景にした庭の、正しい山水に則《のつと》った正真木や夕陽木や寂然木のたたずまい、あるいは洋間に面した脇庭の、いろんな花々の自由に咲き乱れたけはい……そういう月澹荘の整った姿を背にして、めずらしくも若夫人はお供一人連れずそこに立っていた。

月澹荘はそのときはまだ、悲劇の起りそうな邸とは見えなかった。照茂の代になってから、邸は時折笑い声も洩れる若々しい別荘になってよみがえり、照茂には改築の気持もあって、ここに本当の西洋館が現われることになるかもしれなかった。先代のあの重苦しい厭人癖《えんじんへき》を象《かたど》ったような家は、こうして改築されるまでもなく、内部からの若々しい明るさで、別のものに変ってゆく兆を示していた。勝造も亦《また》、子供のころのようには照茂に近づく機会が失われたにもかかわらず、却ってこの邸から受ける重圧が取り除かれ、この夏から月澹荘自体を大そう身近な親しみやすいものに感じだした。

それは勿論《もちろん》、まだ言葉を交わす折もほとんどないが、美しい照茂夫人の出現のためであった。勝造はその夕日のなかの夫人の、明るい花やかな洋装をよく憶えている。それは白いなよやかな布に、襞《ひだ》を多く寄せたスカートと、レエスの襟《えり》の立った白いブラウスとの、その当時でも古風に見える洋装であった。そして夫人は夜会巻の豊かな髪を、海風にさえ毛筋一つ乱していなかった。

「勝造さん」

と夫人がお辞儀をした勝造に呼びかけた。

「いつもこそこそ行ってしまうのね。たまには話していらっしゃい。殿様はいつもあなたのことを幼な友達だと言っておいでよ」

「はい」

言われるより勝造は汗をかいて、額を拭った。思えば夏のあいだは、裸で外を歩くことなど何とも思わぬ彼が、このごろは一寸の外出にも清潔なものを身に着けて出るのは、いつか夫人がこうして門前に立つのを待っていたようでもある。

「勝造さん、いつかあなたに訊きたいと思っていたことがあるの。ここへ来てから、私は何だか……」と夫人は一寸絶句した。「……何だか、たえず誰かに見られているような気がする。殿様にそう申上げても、笑って取り合って下さらないの」

勝造の胸は奇妙にさわいだ。夫人が何を訊こうとしているのかわからない。誰かに見られているというけれども、じっと見ている目は、勝造の知るかぎり、照茂のあの動かない目しかない。その瞬間、勝造の心に浮んだことは、夫人がそんな謎《なぞ》めいた表現を用いながら、実は、結婚以来自分をじっと見つめて放さない良人の目のことを言っているのではないかという疑いであった。

勝造の心には痺《しび》れが走った。夫人の体があんな風に良人に見られているということは、夫婦だから当然のようでもあるが、勝造にとっては胸の詰るような思いのする想像であり、その想像には恐怖もまじっていた。恐怖は照茂の結婚前の夏の、一つの小さな事件にまつわっていた。あのときの照茂の短い冷たい命令、あのときに進行した一連の行為の白けた忌わしさ、あのときちらと見た照茂の目の動かない瞳《ひとみ》、あのときのあたりの茱萸の実の紅《べに》……。

彼はむしろ照茂の目が、はっきりした軽蔑《けいべつ》なり喜びなりを示していたら、もっと安心できたであろうに、その目はうつろにひらかれて、目の前の事象を吸収し、……いわば曇った白い吸取紙のように、無限に吸い取るだけだった。

その目の前に夫人の裸身がさらされ、愛撫《あいぶ》よりもただじっと見詰める目が、不必要に永い時間、新妻の心をおののかせたのではないかと考えると、若い勝造は慄然《りつせん》とした。

しかし夫人の言うのは、その意味ではなさそうであった。

「私が庭に出て花を摘んでいるときなど、まわりに誰もいない筈なのに、生垣の間からじっと覗《のぞ》いている目があるような気がして、女中を呼んだことが何度かあるのよ。女中が門の外へ見に行くと、ぱたぱたと急に草履の音が遠ざかることもあったわ」

「それは女ではありませんでしたか」

「あなた何か心当りがあるの？」

「いや……はあ、一寸そんな気がしただけですが」

夫人は不満そうに口をつぐみ、勝造は一しお流れる汗を感じた。しばらく沈黙があったが、夫人はそれ以上問いかけて来なかったので、とうとう勝造が口を切った。

「この村に白痴の娘がおります。君江というのです。別に害はしませんが、そこらをうろうろして、子供に石をぶつけられたりしています。それでも全然怒りません。ひょっとしたら、その娘かもしれません」

「まあ、気味のわるい」

夫人は軽く眉をひそめ、その表情が却って、ますます彼女を高貴に美しく見せた。その不安は眉のあいだに、丁度朝霧が谷にかかるようにかかった。

「殿様はその女を御存知なのかしら？」

そこで勝造はわれながら巧《うま》い返事をした。

「はい。御存知なのだと思います。しかし、奥様をお怖がらせしてはいけないから、黙っておいでなのだと思います。ですから、私から申上げたのは内緒にしておいて下さい。もし覗くやつが君江だったとしたら、私が見張っていて、お邸へ近づけないようにします」

「そう……ありがとう」

と夫人は柔らかな声で言った。そして更に念を押して、

「その娘さんは人には害は加えないのね」

「はい、決して加えません」

と答える勝造には確信があった。

夫人はしばらく海のほうへ目を放ち、良人がスケッチに行った茜島が、丁度岬の西側からの斜陽を受けて、その一角を橙《だいだい》いろにかがやかすのを眺めた。海からは、打ち上げられた海藻《かいそう》が終日陽に温められて、腐敗しはじめているような濃厚な匂いが漂ってきていた。

夫人は身を翻して、月澹荘の門内へ消えた。

五

——そこまで話すと、勝造は大へん不手際に話を飛ばして、いきなり月澹荘が火事にな

った日のことを語りだした。

月澹荘が焼けたのは今の話の翌年の晩秋である。どうして彼がそんな風に、俄かに月澹荘の焼亡へ話を持って行ったのか、私にはわからなかった。

無人の別荘が火に包まれる原因は、大ていの場合、入り込んだ浮浪者が焚火《たきび》をしたり、何かそういう外からの偶発的な原因に決っている。月澹荘の火がどこから出たか勝造も知らない。あとで警察の調べも受けたが、勝造の放火の動機は認められなかった。

勝造の父はすでに死んでおり、責任はのこらず別荘番の肩にかかった。しかし、東京から照茂夫人の懇切な手紙が届き、自分は別荘の焼けたことをむしろ天の恵みと考えていること、この機会に月澹荘の土地は下田町へ寄附してしまうこと、従って勝造は一切責任を感じる必要がないこと、等々がやさしい口調で直接話しかけるように、縷々《るる》と書かれていた。勝造はその手紙を顔に押し当てて泣いた。泣いたのは、それまでの文句のためではない。手紙の最後の一句に泣いたのである。そこには、「自分はもう一生、下田を訪れることがないであろう」と書かれていた。

月澹荘の深夜の火事は、しばらくのあいだ、人々の思い出話に飽かず繰り返された。その夜、人々は月が明るすぎるのにおどろき、ついで入江にあかあかと映じて、月澹荘が燃えているのにおごろいた。

それはいかにも静かに、蛍籠《ほたるかご》のように燃えていた。この邸の古い木組はしんみりと火に身を委《ゆだ》ね、火はいたるところへ延びて、母屋も洋間も離れも一時《いっとき》に火に包まれ、入江の反映は、海の波の起伏を夜目にもあきらかに見せた。焔《ほのお》は城山の頂きよりも秀で、火の粉は海のおもてにも夥《おびただ》しく落ちた。

私はそこまできいて、何故照茂が自ら幼な友達を慰める手紙を書かず、夫人が直接に書いたかということに疑問を持った。当時、高貴な夫人がそういうことをするのは、考えられないほどの異例であった。私は勝造が、夫人との間柄について、何か私に隠していることがあるのではないかと疑った。あるいはまた、勝造がそのたどたどしい話法によって、却って、夫人との何でもない間柄を思わせぶりに語っているのではないか、と。

しかし勝造の返事は簡単なものであった。

「死人には手紙は書けません。照茂様はもうお亡くなりになっていたのです」

「亡くなったのはいつのことです」

「火事の起る前の年の夏です」

「夏というと、ここで、月澹荘で亡くなったんですね」

「そうです」

「それで……夫人は、……そうすると、夫人は、火事の起った年の夏には、ここに一人で来ておられたんですね」

「はい。未亡人になられてのち、お子様もないものですから、ここに一人で来ておられました。どうして一人でここへおいでになったのかわかりません。多分……」

「多分？」

「いや、きっと御主人の思い出を味わいにおいでになったのであろうと思います。それは寂しい夏で、奥様はいつもお一人で、ひっそりと部屋にこもっておられた」

「そして夫人が東京へかえられたのち、何カ月かあとに、月澹荘が火事になったのですね」

「はい、そうです」

しかし老人はそこで口をつぐんでしまった。

六

私はどんなに永いあいだ、老人が再び口をひらくのを待ったかしれない。海はすでに暮れ、夕日の名残も消え、夕空のほのかな藍《あい》は残っていたが、彼方の茜島はすでに一塊の影になり、下田港から出てゆく船は灯をともしていた。私たちの坐っているあたりの石材だけが白かった。私は所在なさに夕闇の草へ手をのばしたが、たまたま指に触れた茱萸《ぐみ》の実をつまんで、それを掌にころがした。真紅の実も、光を失った掌の中では黒々と見えた。

老人が私に語りたいことは、その先にあることがわかっていた。しかしもっとも語りたくないことも、おそらくその先にあったのだ。

私は気永に待つほかはなかった。港の空は山に隔てられていても、なお灯火の反映に赤らんでいるので、それと知られた。船員たちの小さな夜のたのしみの時刻がそこではじまっていることはわかったが、このあたりには行人の影もなかった。そして空には点々と星の潤みが兆した。……

「火事の起った年の夏、奥様はお一人だった。とうとう怖れていたことが来た。ある晩、月澹荘からお呼び出しがあったのだ」

と老人は語りだした。

――それは今も思いだす、月の澹《あわ》い夜のことで、海の上に浮ぶ靄《もや》は煙のようだったが、煙は沈んで低く這《は》い、沖はあいまいに、湾口のあたりの眺めさえすっかり距離感が失われていた。風はなかったが、蒸暑さがさほどでなく、ふしぎな清らかな暑気とでも言うべきものがこもっていた。勝造は、白い浴衣に袴《はかま》をつけて邸へ行った。

はじめて勝造は、客として座敷へ通された。待つあいだも、胸は動悸《どうき》を止《や》めなかった。逞《たくま》しい若者であるのに、自分がひよわい、小さな、無力な者のように思い做《な》された。

やがてしめやかな衣褶《きぬず》れと共に葭戸《よしど》があき、美しい照茂夫人があらわれた。業平格子《なりひらごうし》の明石《あかし》の着物を着て、髪もいつものように少しも乱れていず、まして汗のけはいもなかった。この人は汗をかいたことがないのではないかと勝造は思った。

夫人は卓を隔てて坐り、勝造に団扇《うちわ》をすすめた。かすかに香水の薫りが漂い、勝造はどうしても夫人の顔を見上げることができなかった。藤紫の半襟の浮んでいるあたりを、かすかに見た。

「きょうこそ、どうしてもあなたに何もかも話していただかなくてはなりません。一周忌をすますまでは、そのことに触れずにおこうと思っていました。でも、東京で一周忌をすませて、ここへ来たのは、もうおわかりでしょうが、あなたの口から、本当のことをきこうと思ってのことでした。ですから、今夜はこうして、お客として来ていただきました。……殿様がああしてお亡くなりになったのは、一体何故だったんですか」

勝造は、そう訊かれるまでもなく、今夜言わねばならぬことがよくわかっていた。それを今まで心にためていたのは、夫人ばかりでなく、勝造の苦痛でもあったのだ。

彼は夫人の顔をちらと見上げて、そこに微笑さえ浮んでみえるのに安心した。その微笑は庭の山水の彼方の月の淡さによく似ていた。

「はい。何もかも申上げます。御結婚の前の年の夏でございました……」と若い勝造は口を切った。

「そして、それは、あの白痴の娘のことですね」

と夫人は遮って、ものしずかに言ったが、団扇の動きは止り、波音だけが座敷を領した。

「はい。さようです。あの君江のことです。殿様は、ある日、私が漕ぐ舟にもお飽きになって、まだ日ざかりの城山へ登ろうと仰言《おつしや》いました。散歩にはいつもお供をする私でしたから、おあとについて、そのお庭の横の抜け道から山へのぼりました。

のぼり切ろうとするところで、奇妙な調子外れの唄声をきいたのであります。白痴の君江だな、と私はすぐに思いました。山の頂きの草生で、君江はしきりに夏茱萸の実を摘んでは、唄いながら、袂《たもと》に入れておりました。私共がその姿を眺めていますと、いちめんの蟬《せみ》の声のなかで、君江はこちらを向いて、だらしなく綻《ほころ》びたような笑い方をしました。その笑顔がしばらくつづいて、丁度活動写真が止ったように、その笑顔のままじっとこちらを見ていたかと思うと、急に背を向けて、熱心に又茱萸の実を摘みだしました。

私は気持がわるいので、もう帰りましょうと御催促いたしたのであります。しかし殿様は君江の腰のあたりをお見詰めになったまま、傍らの松の木にお手を支《か》てて、日ざかりの日にもめげずに、じっと立っておいででした。それから私のほうへ振向いて、御命じになったのです。

その御命令があまり意外なことであったので、私はわが耳を疑いました。今までも、子供のころから、ずいぶん殿様の御無理はきいてきた私でありますが、これほどの御無理を言われたことはありませんでした。しかし私もまだ、生涯に一度も、殿様の御命令に背いたことはなかったのです。

私がためらっていますので、早くせよ、と私の肩を突かれました。結局、仰言るとおりにするほかはありませんでした。

私はいやいやながら君江に近づき、白眼を吊《つ》り上げて怖れている娘を、日かげの藪《やぶ》のほうへ引きずって行きました。その袂から、いくつもの茱萸の実がこぼれたことを憶えております。

それから私は、御命令により、獣のような振舞をしました。君江を押し倒し、なるたけその顔を見ぬようにしながら、むりじいに裾をひらかせ、仰言るとおりのことを敢てしたのであります。誓って申しますが、私は自分から進んでそんなことをしたことは、それ以前にも、それ以後にも、一度もございません。私は半ば夢中で、自分も目をつぶって、しゃにむに目的を遂げようとしておりましたが、ちらと目をひらいたときに、思わず娘の顔をではなく、殿様のお顔を見てしまいました。

殿様はあの澄んだお目で、体をかがめて、必死に抗《あらが》う君江の顔へできるだけ顔を近づけて眺めておいででした。君江もそういう殿様に気づいていたと思いますが、私はあばれる娘の両腕をしっかり押えていましたから、多少とも殿様に危害を加えるようなことはなく、つまり、いつものごとく、殿様は安全な場所から、しかも安全で一等近い場所から、娘の顔をじっと見つめておられたのであります。

娘は涙をため、奇妙な子供らしい咽《むせ》び声を立てながら、白い咽喉《のど》を動かして、何とか殿様のお目から顔をそむけようと努めていました。しかし殿様は、水の中の水棲《すいせい》動物の生態を観察されるように、澄んだ瞳を動かさずに、娘の顔をじっと眺めつづけておいででした。そのうちに私は役目をおわり、何事が起ったかわからず、ようやく私の腕の力を解かれて、人形のように草の上に横たわっている娘を残して、殿様と御一緒にあとをも見ずに城山を下りました。そして私は着ているものを脱いで、いそいで泳ぎに行きました。

……これが、御結婚の前の夏に起ったことのすべてであります」

勝造は語り了《お》えて、したたる汗を拭った。聴きおわった夫人は、しばらく黙っていた。やがて香水の薫りが漂うままにまに、夫人が顔を月に煙る庭へ向けて、こう言うのがきこえた。

「それでわかりました。何もかもわかりました。白痴の娘があなたを憎まず、殿様にすべての怨みをかけたわけもよくわかりました。話しにくい話をしてくれてありがとう。……もうこの話は忘れることにしましょう。あなたも、誰にも言わずにおいてくれますね」

勝造は目を伏せたまま答えようと思ったが、誓いを立てるためには、夫人の顔をまっすぐに見て答えるのが本当だと気づいたので、はじめて、庭に向けている白い横顔を注視した。

淡い月かげに、端居《はしい》の夫人の横顔のすさまじい美しさが浮んだ。勝造はこんなに麗わしい横顔を見たことがない。それは、人間界へ背を向けた人の、白い石の薄片に刻まれたような横顔で、多少鋭すぎる鼻柱も、唇へつづく優美な線によって和《なご》められ、夫人のこころもち受口の下唇の臙脂《べに》は、そのとき黒ずんで、水を打ったように光っていた。

「はい、誓って誰にも申しません」

と勝造は息のつまる心地で答えた。

夫人の唇の端が糸に引かれたようにやや上り、顔はこちらへ向けられるともなく、かすかに向けられた。

「あなたがそう言ってくれるなら、私も今夜は、誰にも言わないでいたことを、あなたにだけは申しましょう。

私たち夫婦は、結婚以来、只の一度も、夫婦の契りをしたことはなかったんです。殿様は、……あなたも御承知のとおり、ただ……何と言ったらいいか、ただ、すみずみまで、熱心に御覧になるだけでした」

七

「それで……」と私は最後の詮索癖《せんさくへき》にかられて、老人のしきりに後先《あとさき》する話の、中核に触れようとあせった。「それで……、照茂若侯爵はどうして死んだのですか」

「殺されたのです」

それは予期された答であった。

「どんな風にして、又、誰に……」

「殺したのが君江だというのは、すぐにわかった。殿様が茜島へスケッチに行きはじめてから、三日目のことでした。夜になっても帰って来られないので、町から大ぜいが探しに出ました。殿様は、茜島の南端の、岸のあいだに潮が満干しているところに、頭を砕かれて、危く海へずり落ちそうになって、死んでおられた。あの高い崖の絶頂から落ちたのです」

「それはあやまって滑り落ちたのかもしれないのに、どうして君江がやったこととわかったのですか」

「それはすぐにわかりました」と老人は断定的に、はじめて示す神経質なきびしさを語気にこめて、言った。「少くとも私にはすぐにわかりました。殿様の屍体《したい》からは両眼がえぐられて、そのうつろに夏茱萸の実がぎっしり詰め込んであったのです」

石垣いちご

庄野潤三

バスを降りた時、あたりの景色にまるで見覚えがなかった。

そこは平坦な海岸沿いの道路で、すぐそばにパンや菓子を売っている店があった。道は乾き切っていて、どこにも日蔭がなかった。

こんなところで降りたのではなかったと彼は思った。もっと道幅が細くて、ひっそりとしたところであった。ゆるい登り坂になったところであった。

「おかしいな。こんな筈はないのに」

彼はもう一度、停留所の名前を見た。万象寺。この前来た時も、万象寺で降りた。

「万歳の万にゾウの象、それに寺。分ったか」

兄がそう云って教えてくれた。それで覚えている。あの時は、駅長室で電話を借りて、兄の隊へかけた。電話番号も、彼は知らなかった。隊長の弟だというと、駅長が局で尋ねてくれたのであった。

いきなり何の前ぶれもなしに兄を訪ねて来たが、果して兄が隊にいるかどうかということも分らなかった。それに地震のあとで、どんな被害があったかも分らない。もし兄が隊にいたとしても、面会どころの騒ぎではないかも知れなかった。

始めに電話に出た兵隊が、

「ちょっと待って下さい」

と云って、離れたところへ行って、誰かに話している。それから板の間を踏む靴の音が近づいて来た。

あの時は、本当にほっとした。九つ年上の兄は二度目の応召で、少し前に大尉に進級したところであった。そうして、彼は任官を目前にした海軍の予備学生であった。

——戦地へ行く前に墓参休暇が許されて、家へ帰ることになっていたのに、昨日の地震で大井川の鉄橋が壊れたので、掛川以遠の者は帰省が許されなくなった。それで清水へ行って兄に会おうと思って、清水は全滅ということを聞いたけれど、行ってみて駄目ならその時のことにしようと思って、来てみた。

彼は兄に突然やって来たわけを説明した。

「ああ、こっちは何ともなかった。それで、あれか、今晩泊れるのか」

泊れると云うと、

「そうか。そしたらやなあ、次のバスは何分かな」

そばにいる兵隊にバスの時間を尋ねて、

「四時十分にバスが出るからな。それに乗ってお出で。久能山行きのバスで、駅の前から出ている」

それに乗って万象寺で降りるようにと云う時に、一字一字、教えたのであった。亡くなった兄は、いつもこんな風にきっちりと几帳面なたちであった。

さっきのバスには、学期の始めで帰りの早い高校生の女の子が三人乗っていた。バスの乗り場で彼女たちに会った時、彼は始めは何気なしに見ていて、それから気が附いた。

「ああ、そうだ。この前来た時には、この子らはいなかったんだ」

いま眼の前にいる日に焼けて丈夫そうな少女は、あの時はいなかった。この世の中にいなかった。いや、生れて来るかどうかということも分らないものであった。

前に来た時は十二月であった。となりに中学生が坐っていた。

「万象寺はいくつ先ですか」

彼はそのおとなしそうな中学生に聞いて、一つ手前から席を立った。

バスをやり過して歩き出すと、向うの垣根の横に兄が立っているのが見えた。彼は外套のまま走って行って、五、六歩前でとまって敬礼をした。

兄はこちらの敬礼を見届けるようにして、敬礼を返した。肩を並べて歩き出すと、

「その外套脱いでみ」

と兄は云った。

兄は彼の着ている予備学生の外套があまりいい恰好ではないから、脱いで手に持って歩いた方がいい、うちの兵隊にいい恰好を見せないといかんと云った。

外套を脱ぐと、初めて兄は満足した様子で彼の一種軍装を見て、

「薄い地やな。寒くないか」

と云った。

しかし、いま彼がバスから降りたところは、兄が迎えに出ていてくれたあの坂道ではなかった。

菓子を売っている店の中には、同じ年恰好の女が二人、話をしていた。用事が済んで、一人の方が出て行った。

「ちょっとお尋ねします」

彼は女に声をかけた。

「戦争中にこのすぐ近くに陸軍の砲台があったんですが、どのあたりにあったのか、ちょっと見当がつかないので」

「さあ、私たち、よそから来たもので分りませんが」

彼はうっかりしていた。なるほどその店は、建ってからまだいくらも経っていないような構えであった。

少し先へ行ったところに石の塀をした家があった。庭先から女の人が出て来た。

「ちょっとお尋ねします」

女の人はあっさり知らないと云って、すぐに家の中へ引込んでしまった。

三番目に通りかかった家には、漁師のような恰好をした男が三人、裸のままで坐っていた。

「ちょっとお尋ねします」

三人ともこちらを向いた。一人は爺さんであった。

「戦争中にこの近くに陸軍の砲台があったのですが」

「ああ、あった。このすぐ上の山にあったよ」

「大浦隊というんですが」

「ああ、大浦隊」

三人は揃って頷いた。

「その時分に一度来たのですが、様子が分らなくなってしまって」

一人が縁側へ出て来て、

「あの山にあった」

指した山は、すぐ眼の前にあった。

「もう大砲は無うなったが、砲台のあとは残っている。いまは柑橘試験場の地所になってるが。あそこへ行けば分る」

彼は柑橘試験場へ行く道を尋ねた。すぐ先にバスの停留所があって、そこを右へ入って行けば門があると家の人は教えた。

「戦争が済んでから、大砲はだいぶ長い間、そのまま残っていた」

家の人は縁側にしゃがんだままで話した。

「わしが戻って来たのは遅かったが、その時はまだ残っていた。二門あった。そのうち、あのままにしておくのは勿体ないというので、地元で払い下げして貰うように頼んだ。それでやっと払い下げになって、大砲だけ取外して、鋳物にするのに売ってしまった。鉄の値段の高い時だったから」

別れる前に彼は尋ねた。

「漁をしているんですか」

「いや。いちごをやってる」

「いちご?」

「石垣いちごを作ってる」

柑橘試験場。長い間忘れていた名前を聞いて、彼はいろんなことを一時に思い出した。兄の隊のとなりに県の柑橘試験場があった。

兄の部屋に入った時、机の上に葉のついた蜜柑があった。となりに柑橘試験場があって、そこで作った蜜柑だから特別においしい。そう云われて、すぐに二個食べた。

彼は兄に話した。砲術学校にいた六ヵ月の間にたった一度だけ、一人一個の蜜柑の配給があった。ここへ来る途中、小田原の駅で蜜柑を売っていたので、二袋買って、あっという間に食べてしまった。

あくる朝、彼はいつもの起床時刻の六時に眼が覚めて、あとはもう眠ろうと思っても眠れなかった。兄が眼を覚ましているのかどうか、そっと様子を見てみるが、はっきり分らなかった。

兵隊は起き出したらしく、向うの方で床板を踏む足音が聞えた。すると、その足音にまじってラジオの音楽が聞えて来た。始めはピアノの独奏かと思ったが、管絃楽であった。

彼は前の日、兄が話していたとなりの柑橘試験場から聞えて来るラジオの音だと思った。ところが、そうではなかった。起きてから兄に話すと、さっき聞えていたのは兵員室のラジオだと云った。

柑橘試験場前という停留所は、眼と鼻の先にあった。道を曲ると、鶏が一羽歩いていた。鶏は慌てて道ばたにとまっている自動車の下に飛び込んだ。そうして、彼が通り過ぎてしまっても出て来なかった。

試験場の門の前には、大きな椰子のような木が二本、立っていた。

彼は門の中へ入って行った。すぐ左手に本館らしい建物があった。彼は玄関のところからちょっと中を覗き込むようにした。廊下には誰もいなくて、部屋の中に人のいる気配がした。

声をかけると、若い男の人が出て来た。

「ちょっとお尋ねしますが、十九年頃にこの山に陸軍の砲台があって」

こうして口に出してみると、それはいかにも唐突なことのように思えた。

「その頃に私は一度訪ねて来たことがあります。私の兄がその隊に居りましたので。その時分のことを御存知の方がどなたか居られましたら、ちょっとお眼にかかりたいんですが」

その人はすぐに引込んで、今度はもう少し年上の男の人が出て来た。彼はもう一度同じことを云った。

「十九年頃ですか」

「ええ」

その人はちょっと考えていたが、

「ちょっとお待ち下さい」

と云うと、道路を横切っていちばん近くに見える温室の中へ入って行った。

誰かいると彼は思った。

暫くすると、開襟シャツを着た年輩の人が温室から出て来た。

「どうぞ、あちらへ」

その人は先に立って、廊下の突き当りの広い部屋へ彼を案内した。それから部屋を出て行ったが、すぐに戻って来た。彼は改めて挨拶をした。

名刺の名前の上に農学博士と書いてあった。

「そうですか。大浦さんの弟さんですか。それはよくお出かけ下さいました。十九年の頃には、私は副場長をして居りました。その当時の場長は、終戦の翌年にここを止めまして、今は東京に居ります。そのあとずっと私が場長をして居りましたが、この四月で停年になりまして、いまは嘱託になってお手伝いして居ります。十九年ころのことを知って居りますのは、もう私ひとりだけになってしまいました」

この人がいてくれてよかったと彼は思った。いつでも行けると思って、先へ先へ延ばしていたら、この人にも会えないところであった。

彼は十九年の十二月に海軍の予備学生であった自分が、地震で大井川の鉄橋が壊れたために帰省が出来なくなり、せめて兄のところへ行こうと思って、千葉の館山にあった学校から清水へ訪ねて来た話をした。

「その時、兄が柑橘試験場で蜜柑をひと籠、分けて貰って、私に持たせてくれました。次の日は東京の友人のところに泊めて貰うことにしていましたので、その家へ持って行く手土産にするのに」

「そうですか。それはよかったですね」

前の場長は笑って、

「お兄さんは、お元気ですか」

「それが戦後に亡くなりました」

「え？」

前の場長はびっくりして身体を前に乗り出した。聞き違いではないかという風に彼の顔を見つめた。

「ええ。いちばん丈夫だったのですが。急に」

「それはちっとも知りませんでした」

前の場長は、彼の前に頭を下げた。

「そうですか。私はあまりお話をする機会はなかったのですが、場長とは懇意にして居られて、時時お茶を飲みに呼んだり呼ばれたりしていました。真面目な方でしたが」

それから、前の場長はとなりの部屋へ行って、印刷したものを持って戻って来た。

「これが」

前の場長はプリントの最初の頁を開いて見せた。

「この試験場が出来た当時の全景です。昭和十六年の頃です。こちら側が現在の試験場です。これは三十年に写したものですが。大浦隊の陣地はこの本館のうしろの山にありました。このあたり、ずうっとそうです」

そう云いながら、前の場長は鉛筆で松の木と段々畠のある山に線を引いた。

この見開きの口絵写真の上には、「静岡県柑橘試験場の今昔」という見出しがついていた。始めの写真では、蜜柑の木だけ植っていた畑が、あとの方の写真では、瓦屋根のいくつもの附属の建物に代っていた。

その次に見せてくれたのは、柑橘試験場の見取り図であった。

「ここに門がありました」

前の場長は病虫害研究室の建物の手前に小さな丸を二つ、書き入れた。

「番兵がいつもこの前に立っていました。私はそこから中には入ったことはなかったんですが。それから、門を入ってすぐ右手に一つ建物がありました」

「ええ。そこが将校室です。私はそこで泊めて貰いました」

「ああ、そうですか」

前の場長は、その位置に小さい四角を書き入れた。

「その先に兵舎がありました」

「はい」

「兵舎の前に確か炊事か何かの建物があったように思います」

「ええ、炊事と風呂場がありました」

前の場長は、兵員室と炊事場をプリントの上に書き入れた。

「いま、ここには講習生のための教室があります。それから看視所がここにありました。あとで行ってみますが、この跡にはベンチを置いて、ちょっと四阿《あずまや》といいますか、休憩所のような風にしてあります」

そこにも小さな四角を書き入れてから、

「砲があったのは、ここです」

と指したところには、三十七と三十八の数字の入った丸が二つあった。

「あれは艦隊を攻撃するための要塞砲でした。一度この海上にアメリカの潜水艦が現れて、清水に艦砲射撃を加えたことがありましたが、その時はここの砲台は発射しませんでした。相手が潜水艦のことではあり、また偵察の目的を持った艦砲射撃で、そういうのにつられてこちらが攻撃すると、砲台のありかを教えるようなものですから、沈黙を守って居るようにという命令があったらしいです」

「それでは、結局、射撃しないままに終ったわけですか」

「そうです。もっとも、実弾射撃は二三回、やりましたが」

三十七と三十八の番号のところを見ると、貯水槽と書いてあった。

「砲は国から地元へ払い下げになって、取外して持って行きましたが、コンクリートの台座はそのまま残っています。これだけ頑丈にこしらえてあるものを潰すことも出来ませんし、戦後はこの山の方々に私が木を植えましたので、それに水をやるための貯水槽にしました。大きなものですから、水も相当入ります。ただ、二つのうち片方のは、どういうわけか、コンクリートの壁にひびが入っていて、貯水槽としては役に立たないんですが」

最後に前の場長は、細長い四角を二つ、砲から少し離れたところに書き入れた。それは弾薬庫であった。


兄の部屋の窓には暗幕がかかっていた。そうして、陸軍式の毛布の寝床が、斜めに二つ、敷いてあった。

火鉢には火がおこっていた。壁に兄の外套とマントが懸っていて、棚の上に軍装行李が載っていた。小さな机が壁際にくっつけてあり、その横には朱塗りの手箱がいくつも置いてあった。

彼の兄は支那事変が起った時に最初の召集を受けた。この時は重砲兵部隊の小隊長として中支戦線に二年間いた。二度目の召集を受けたのは太平洋での戦争が始まった直後で、兄は結婚をしたばかりであった。

ここへ中隊長兼砲台長として赴任してから、もうやがて二年になろうとしていた。兄は自分の軍装行李の中から、戦地へ行く彼のために必要な衣類を取出して揃えてくれた。南方へ行くことになるか、北方へ行くことになるか、それが分らないので、どちらになっても困らないように用意しなければならなかった。

ひとつ出すごとに兄は、

「これ、僕の古やけど、いいか」

と彼に云った。

手を通さない新しい品もあった。

兄は長いことかかって、それをまとめると、風呂敷に包んだ。その中には、煙草が十箱とマッチもいくつか入っていた。

彼は兄から現金を用立てて貰った。封筒に入れた札を彼が上着の内ポケットにしまうと、兄はそのポケットに手を入れてみて、次に上から押えてみた。反対側のポケットにも手を入れてみた。

「ボタンないのか。大丈夫か」

兄は気がかりな様子で、落さないようにと何度も念を押した。

その間に兄は、大阪の家へ電話をかけることを思いついて、部屋から出て行った。炊事の兵隊は夕食のことで二三度、部屋へ来た。最後に来た時、

「中隊長、すき焼にします」

と云った。

それは、清水の駅から電話がかかって来たすぐ後で、炊事の兵隊がわざわざ買いに行ってくれた牡蠣をどんな風にして食べるかという相談であった。

夕食は、向いの中尉の部屋でした。

「いつもはすぐ酔ってしまうのに」

と兄が云った。

「今夜はあんまり酔わんな。緊張してるからかな」

兄は早くから盃を置いてしまった。食べる方もあまり進まなかった。中尉は兄と同じように応召の将校で、年は兄よりもだいぶ年上であった。

「珍しいな」

中尉はそう云って笑った。

もう一度兄の部屋に戻って、それから夜中過ぎまで二人は起きていた。夕食前に申込んでおいた電話が、なかなかかからなかった。兄は机に向って、彼は自分の寝床の上に腹這いになって、家へ宛てて寄せ書の手紙を書いた。

兄は途中で三回ほど、

「便箋一枚くれ」

と云って、熱心に書き続けた。二人とも長い間かかって手紙を書いた。

兄はコーヒーの缶をひとつ持っていた。それは、南方派遣軍にいる二番目の兄が、前年の秋に公用で日本へ帰って来た時、兄のところへ寄った、その折の土産のジャワのコーヒーであった。

このコーヒーが缶にまだ三分の一ほど残っていた。二人が寄せ書にかかっている間、火鉢の薬缶はしきりに湯気を立てていた。

コーヒーを二杯飲むと、今度は日本茶を淹れた。兄は煎餅の缶を出して、お茶の中に煎餅をごっさり入れた。だが、彼のおなかはもういっぱいになっていて、兄が意気込んでこしらえてくれた煎餅入りのお茶を、半分しか飲むことが出来なかった。

夜更けに隣りの部屋（そこが中隊長室兼事務室であった）で、電話のベルが三回ほど鳴りひびいた。その度に兄は飛んで行ったが、交換手はいくら呼んでも応答がないというのであった。

「誰もいない筈はないのですが」

兄の声が聞えて来た。

「こちらは夜じゅう待っていますから、向うが出て来るまで鳴らして下さい。いくら遅くなってもよろしいから、是非お願いします」

寒くなったので、彼は外套を着た。もう十二時を廻っていた。

「写生してやろう」

兄は手箱から色紙を一枚取出した。彼は軍帽をかぶって、寝床の上に坐り直した。

「おかしな顔になってしまうな」

描きながら兄はひとりで笑い出した。

そのうちにやっと電話が通じて、彼は家にいた全部の家族と話をすることが出来た。兄も話をした。兄は母と話している時、

「うん。出来るだけのことしてやるから、安心して」

と云った。

最後に彼はもう一度、父に出て貰った。

「ビールも一箱な」

と父は云った。

「押入に残してあったけども、明日からわしが飲む。鶏もな、二羽貰うて鶏小屋に放り込んで飼うてあったが、明日、料理してしまう」

部屋に戻った時、兄は、

「電話がかからんうちは、それればかり気になって、話に身が入らなんだ。これでやっと安心した」

と云った。

陸軍式の封筒のようになった寝床にもぐり込むのは、難しかった。彼は一年間、釣床で寝ていたのであった。兄はもぐりよいように少し毛布をずらしてくれた。

「外套、足の方へやって」

「よっしゃ」

兄は彼が毛布の上にかけておいた外套を裾の方へ引張って、それから足のところと肩のまわりを何度も手で押えつけた。

「便所に行く時は」

懐中電灯を彼の枕もとに置いて、

「ここに懐中電灯、置いとくからな」

そうして、自分も服を脱いで、兄は電気を消した。

「今夜、空襲がないといいがなあ」

兄は思い出したように云った。空襲警報が出ると、兄は山の上の陣地につかなければならなかった。そのことでは、砲術学校にいる時の彼も、全く同じなのであった。


前の場長と一緒にもとの大浦隊の門を通り抜けた時、前に彼が泊った将校室の建物も、その向うにあった兵員室も無くなっていた。

そこは兵舎のあった跡という感じを留めていなかった。そうして、もとの大浦隊の門というのも、云われなければ、気附かずに通り過ぎたかも知れない。

それは農園の入り口などにありそうな簡素な門であった。

兄のところに泊った翌日、隊を出る時にお礼を云いに寄った炊事の建物も無かった。炊事では昼の食事に小豆御飯を炊いてくれたのであった。

炊事の兵隊は、昼の食事のことで朝から何度も兄のところへ連絡に来ていたが、小豆御飯のことはひと言も云わなかった。

彼が炊事へ入って行くと、五人ほど兵隊がいたが、一人が、

「敬礼」

とどなった。

「御馳走さんでした」

すると、いちばん上級の者らしい兵隊が、

「どうかお元気でやって下さい」

と云った。

その炊事の建物も、どのあたりにあったのか、見当がつかなかった。

前の場長は、始めに看視所のあったところへ彼を案内してくれた。道は急であったが、前の場長は歩き馴れた足取りで登って行った。

「これは大浦隊がつけた道です」

やっと人が一人、通れるだけの道であった。

「今日来ました時、万象寺でバスを降りたんですが」

と彼はうしろから話しかけた。

「前に来た時には、もっとさびしいところで降りたように思ったんですが、今日は」

「ええ、そうです。あの時はバスがちょっと廻り道をしていまして、柑橘試験場まで来ないので、われわれも万象寺で降りていました。裏手の道を通っていました」

それでやっと分った。

それにしても、彼はどこを通って大浦隊の門へ来たのか、まだ納得がゆかなかった。試験場の門の前を通りながら、あたりがもう暗くなりかけていたので気が附かなかったのだろうか。

「試験場の門の前に大きな木が二本ありますが、あれは何という木ですか」

「あれは椰子の木です」

「椰子ですか」

「ワシントン椰子といって、アメリカにある椰子です」

看視所のあとは、さっき前の場長が話したように公園の中の休憩所のようになっていた。

海岸が真下に見えた。

「あの浜のところにある白いのは、あれは石垣いちごですか」

「そうです。あれが全部そうです。前はあの辺までやっていなかったんですが」

ここで泊った翌朝、起きてすぐに兄と一緒に兵舎の前の道を上の方まで登って行った。

すると、端は崖で、そこから海が見えた。

すぐ下の田舎道をリヤカーを引いた自転車が通って行った。

兄は崖の中腹のあたりを指して、

「あれが石垣いちごだ」

と云った。

二人が戻って来ると、中隊長室には大根の入った味噌汁が湯気を立てていた。生卵一個と白菜の漬物があった。

「このあたり、ずっと桜を植えたんです」

前の場長は、看視所のあとから引返しながら、うしろを振向いて云った。

「それから、あの樟も植えました」

「あれですか」

「ええ。あの樟です」

二人は砲のあったところへ登って行った。

「滑りますから、気を附けて下さい」

前の場長は、うしろから来る彼に云った。急な斜面の道は、松葉で覆われていた。

「砲を取外してしまったあとに鉄の部分が少し残っていました。それはコンクリートに食い込んでいて取れないのですね。ところが、その鉄を何とかして外して持って行こうというのがいて、夜になると、やって来て、かっちん、かっちん叩いていました」

砲のあったあとへ来ると、前の場長はコンクリートの縁に乗った。中には水が少ししか入っていなかった。彼も後からコンクリートの縁に上った。

眼の前に昼の海がひろがっていた。

まるで自分の身体が、海の上に乗り出したように感じられた。

「これだけ見通しの利くところはありません」

と前の場長が云った。

「ここに軍艦が現れても、まる見えです」

前の場長は平気で立っていたが、彼はよろけそうな気がしてしゃがんでしまった。

「そこの松は」

と彼は陣地のすぐそばの斜面に何本もある松の木を指した。

「もとからあったのですか」

「いいえ。みんな私が植えたものです」

「小さいのを？」

「ええ。このくらいのを植えておいたのが、大きくなりました」

次の陣地も見通しのよく利くところにあった。今度も前の場長は、コンクリートの縁に乗って、平気でひと廻りした。

「大浦隊で実弾射撃をやりました。その時、隊長さんが試験場へ来られて、硝子戸は開けておいてほしいということでした。閉めておくと硝子が壊れますから。それで開けておいたんですが、やっぱり何枚か壊れました。もっとも、壊れたのは前からひびの入っていた硝子ばかりでしたが」

本館の前まで戻って来た時、前の場長はお茶でも上って行かれませんかと云った。

「これで失礼します」

と彼は云った。

「お仕事中にごうも有難うございました」

「いいえ、よくお出かけ下さいました。それでは、また御縁がありましたら、お眼にかかりましょう」

彼は門の方へ歩き出し、前の場長は始めにいた温室の方へ歩いて行った。

河口の南

小川国夫

我らはバビロンの河のほとりに坐り、シオンを思い出して、涙を流した。我らはそのあたりの柳に琴を掛けた。それは我らを虜《とりこ》にしたものが歌を求め、我らを苦しめているものがおのれを歓ばせようとして、シオンの歌をうたえ、といったからだ。我らは異邦にあって、決してエホバの歌をうたいはしない。

詩篇第百三十七

河口に波が見えると、幸彦はいつもの喜びを味わった。季節によって広くなったり狭くなったりする江切れから、ゆるやかに白い線が侵していた。波が交替する回数は少なかったが、荒いというよりも波の性質らしかった。川の水は平《たいら》に海に注いでいた。しぶきなど騰っていなかった。思ったより静かだな、と彼は思った。体に当る風も、いくらか、とい
った感じだった。

葦の間の径を器用に走って、彼は湿地を横切った。松林のはずれへ取りつくと、そこへ自転車を倒して置いた。ズボンとシャツを脱ぎ捨てて、砂利の浜を渚へ下りて行った。砂利はまだ冷たくて、気持よかった。海はおとなしく荒れている、といった感じだった。大きなうねりが、なま温かそうな斜面を見せていた。ちょうど浜の砂利の起伏が海面に続いて行くといった眺めだった。

彼は梨を二個手に持って来たが、どうしようか、と思った。そして手拭にくるんで、パンツの紐に通した。重たくて、泳ぎにくそうだった。

水は体になじんでくる感じだった。抵抗がなくて、いつもより関節が滑らかに動いた。彼は脚の筋肉をしなやかに意識した。そこには満たされない快さがまつわっていた。なまぬるい水温のせいか、彼の皮膚は女の体を感じたのだ。彼はいやしい欝した気持で、女を

求めていた自分を思い浮かべた。そして、今はそいつとは他人のようだ、ガツガツなんかしていない、と思った。

岸から海へ入っているものは、幸彦以外にはなかったが、川口からかなりズレて、二百メートルほど沖に碇泊している鰹船のロカイから、垂直に海へとび込む漁師があった。遊んでいるのか、仕事なのか、幸彦のところからは判らなかった。黒い頭が時たましか見えなかった。幸彦はその船を廻ってこようと思っていた。

船は五十トンたらずだったが、その程度でも骨洲港へは着けられなかった。港を眺める所で止っていて、はしけで魚を運ぶのだ。そんなふうに沖着けしている船にだんだん近づいて行って、細部を見るのが、幸彦は好きだった。浮輪や梵天竹や釣竿や壜玉や網やボートが見えてきて、しまいにはペンキ塗りの外板から木目が浮き上ってくるのは、ただの船なのに、印象に残ることだった。

彼は置き網の、つかねた太い竹の浮きに摑まって、また梨を食べた。さっき大井川の竹叢で食べた時より丁寧に食べて、芯を流した。芯は水面に嵌ったようになって運ばれ、水の色が濃い波間から、一気に波の頂上へ上って行った。続いて彼が上ったが、もう手が届かないところへ行っていた。彼は残りの一個をそのまま海に浮かべた。これも芯の行った方向に少しずつ移動した。

——大波を待っているな。逃げられないぞ、と彼は呟いた。僕はこいつを放し飼いにしている、と思ったりした。

喜びが湧いて来るのが感じられた。そこはとても自由だった。そして、もう五十メートルほどに近づいた船が気に入っていた。甲板にあるものの判別がついた。いろいろな道具が、あるべきところにキチンと整理されていた。

彼は梨をそこへ残したまま、船の方へ泳いで行った。梨は帰りに見つけようと思ったのだ。これだけうねりがある海では、そのことは楽ではなさそうに思えたが、それだけに面白い気がした。彼は、必ず見つけてやる、と思っていた。

船は水揚げの前らしく、吃水が深かった。波の向うに入って、艫と舳先が見えるだけの時もあった。そして幸彦のほうが波に乗ると、波のスロープのかなたに、甲板が覗けそうに見えた。吃水を通って行く波を、彼は美しく感じた。水の中を流線型の動物が走っているようだった。船の位置と彼の位置は、摑まえどころもなくチグハグになった。ロカイには不揃いないでたちで、漁師が三人出て来ていた。

鰹船は舳先を風にむけて直角にしていたから、彼は艫の方へ流されがちだった。舳先で裂けた水が動く堤になっていて、ひ弱い彼をなぶった。

彼の頭上を白く水が流れ、肩が粗い外板にさわった。船がおじぎをする時、船腹が彼を圧えるようにしたのかもしれなかった。彼はグルグル体が旋《まわ》った気がした。笑って水を飲んでしまい、まだ笑いながら見上げた。漁師が腹にロープを廻しているのが見えた。こうしなければ、漁師はロカイに立っていることが出来なかった。

そこを離れ、幸彦はロカイの縁が大きな嘴のように見えるところまで泳いだ。漁師たちが長い竹竿を持ち出して、漫画の恰好で海面を叩いていた。幸彦には見えなかったが、自分の体のまわりをさよりの群が通過しているのだろう、と思えた。

漁師たちはふざけていたのだ。おかしいが、どこかドギツく、鬼がむらがった感じが彼らにはあった。

——海の囚人か、と幸彦は呟いた。

彼の気持はなごんでいた。舵のところへ出ると、視界が開けた。そこでは水が抉れていて、吸い込まれそうだった。舵の下手には、やっきになっている歯のような波頭が起っていた。見えない伊豆の山々の上に、真珠色の大きなぼかしがあって、海面も輝こうとしていた。

しばらくそこで泳ぎ廻ってから、彼は戻り始めた。少し疲れていたが、大きなうねりに方角をはぐらかされることもなく、彼の頭は一直線に移動して行った。脛を押し上げて擦ったものがあった。それは彼について来た。彼が立泳ぎして水中を透かして見ると、鮫が二匹いた。深みにまぎれたり、姿を現わしたりしていたが、確かに二匹だった。水に微かに自分の血が混っているのが、彼には見える気がした。そして、鮫が冷酷に躁いでいるのを感じた。

彼は腰から下が水にとらえられた気がした。海がけわしく変貌したようだった。泳ごうとしても泳がせない粘る感じがあった。その辺でさっき梨を流していたことが、遠い思い出の中の場面のようだった。彼は一瞬で計算した。船へ引返すより、浜へ逃げたほうがよかった。浜の方が遠かったが、そのほうがよかった。それに鮫は磯までは追って来ないはずだった。

幸彦は大井川の川口の低地へ行った。歩きながら、ロードワークのとき、この辺でよく全力疾走をやらされた、と思った。胸がつまって、両肩を捩るように振っているのが、自分にもわかった。心臓が制約になって、もっと走りたい気持をはばんでいた。たとえ一人で駆けるときでも、彼はいい加減なことはしなかった。

葦の間を赤犬が見えがくれしていた。骨洲の浜へ捨てられたが、魚カスを食べて育った犬だった。

――まだいたのか、と彼は呟いた。

犬の呼び名を思い出そうとして、口の中でブツブツいったが、思い出せなかった。犬は湿地へ入って、乾いているところを選んで歩いていたが、幸彦を始終意識しているのが、彼にはわかった。彼を旋るようにしたり、待ったり、彼と平行したりして動いていた。水の多いところで、径へ上って来た。彼の行く手に立っていて、待ちかねたように彼を見上げたが、彼は眼をやらなかった。ただ犬が身を寄せて、ズボンに湿った毛を押しつけたのを感じた。彼は足を上げて、犬の胴を遠ざけた。そして、体をくの字にして、肢をもつらせる犬を見た。彼は犬の人なつこさに、応じる気持になれなかった。

犬はうしろに彼がいるのを、満足げにしながら、首を上げて、川口の方を見ていた。川口はまだ眺められなかったが、葦の終るところの水面に、タプタプと海の余波が来ていた。

低地の径がと切れるところまで行くと、対岸で練習している蹴球部員が見えた。灌木の間を動物のようにボールが走っていた。幸彦がしばらく立っていると、風の具合で、時々かけ声が聞えてきた。彼は、行って見ようか、と思い、橋の方へ行った。堤が始まるところで、犬は先に立って、駆け上ってしまった。堤の上には彼の知っている漁師がいて、犬が跳びつくのをうるさそうにしていた。幸彦が上って行くと、

——お前さんは、こんたのオリンピックじゃあ、はたいたこんをしましっけの、といった。

——わしら身を入れていましっけえが……。

幸彦は、四年前には、その漁師の名前を呼んだおぼえがあった。

——ヨシキリにやられなすった……。

——ええ。

幸彦は偶然妙な声を出してしまったと思ったが、漁師は腑に落ちたように頷いた。彼の声は沈んでいた。

——四年あとのこんを考えて、ひとせい練習をやっておくんなせえ。

——どうですかね、今年が精一杯でしたから。

——いくつになんなすったの。

――二十五です。

――若えなあ。まだまだやるさえ。

――笹島君がやってくれますよ。

笹島選手と幸彦は、藤枝中学でも静岡師範でも蹴球部の要《かなめ》だった。師範の時には、笹島はレフト・インナー、幸彦はライト・ウイングだった。二人の見事な連繋は新婚旅行といわれたことがあった。

――笹島さんはもうベルリンへ着きなすった……。

――まだです。今日はなん日ですか。

――十三日でがす。

――それじゃあ、船はまだ印度洋を走っているでしょう。

――……。

――僕はもう現役ってわけにはゆきません。

――そう早く、予備役へ廻されるんですかの。

幸彦が笑い出すのを、漁師はなにかいいことでもしたように、見守っていた。そして、この若い衆は老けっぽくなったが、笑う顔は昔の通りだ、と思った。

――魚ってもんは獣以上でがすよ。

――おじさんも、あいつに嚙まれたんだっけ……。

――ここをの、鰹船へ青太を上げた時にの。

――……。

――ほれ、こうしてもお感じがないが。

漁師は右の上膊の傷をつまんで見せた。そこは下手に修繕した感じで、タイアの当てこを幸彦は思い出した。

――神経を切っちまったですで。

――……。

――仔鮫を釣って、糸をこうと持ったら、ここへ来ましっけ。

漁師は肘をほぼ直角に曲げて、鮫をぶら下げる恰好をして、空いている左手を鮫にして、傷の上を叩いて見せた。

――土佐船へ乗りましっけもんで、カンクリが違っちまったでがす。

――土佐の船は違うんですか。

――釣り方がの、焼津の船とはおおかた逆になりまさ。

――……。

――わしは舟方でがすで、よかったけんの、オリンピックへ出る話があったわけじゃあないんて。

――……。

――先生、しらすを持って行きますかの……、ええしらすがありますけえが。

――……。

――わしのしらすを食べて見ておくんなさい。今から、川北へ商いに出る品物でがす。

漁師の家は、川を少し上ったところの、堤の下にあった。幸彦は戸口で表札を見て、漁師の顔と名前を結びつけることが出来た。茹でたしらすが、浅い箱に入れられ、水に浮かべてあった。漁師はすだれの覆いを巻いて、中のしらすを新聞紙に包んでくれた。

彼はその家を出ると、水気で破れそうになる包みを、左手で受けとめながら、右手でしらすをつまんで、口へ放りこんだり、犬にやったりした。傷が痛んで来たので、彼は帰ろうと思っていた。堤が終るところまで来るとリアカーがあって、下の澱に鯖を運んで来た伝馬が着いていた。収獲はわずかだった。漁師たちは大事そうに、小さな夏鯖が並んだ箱を、洲の上へ上げていた。幸彦は鯖を買って行こうと思って、待ったが、漁師たちはなかなか堤に登ってこなかった。彼は声を掛けようとした。彼らに届くほどの声は出そうもない気がした。それでも彼は呼んだ。返事はなかった。ただ、彼は体中の筋肉が固くしこっているのを感じただけだ。傷をかばって動くので、体がそうなってしまったのだ。彼は塩でベトつく手を舐めて、シャツで拭き、ズボンの中へ滑り込ませた。尻たぶの傷に触って見た。それだけで、筋肉は痛かった。

——畜生、ヨシキリ。

彼は伝馬のいる反対側に、斜面をゆっくり下りて行った。棒のような恰好をして、しかも跛を引いた。葦原のむこうに、鷗がむらがって、騒いでいるところがあった。そこが骨洲港だった。突堤の標灯が、葦と海の境にポツリと現れていた。

幸彦の夢の中で、その娘は、彼の席から通路をへだてた三つむこうの座席にいた。軽便は彼女の背後へ走っていた。二人は向き合う恰好に坐っていたが、間には四五人遠洋漁業の船乗りらしい男が立っていて、連中が少し動くのにつれて、二人のお互の体のどこか一部がお互の眼に入るだけだった。

お互の視線が合うということはなかった。だから、相手の娘が自分を窺っているかどうかも判らなかったが、幸彦のほうも、相手に気取《け》られずに、窺い続けることが出来た。彼女の髪は癖毛で、頰と唇がほとんご違わない血の色を透かしていた。幸彦にはそれらが、もごかしく、間をおいて見えるに過ぎなかったが、彼女の体質まで解る気がした。

——やはり、伊久代か、と幸彦は決めかねながら呟いた。

彼は立ち上って、後のデッキへ歩いて行った。彼女のほうに眼をやった。彼女はこっちを見ていなかった。彼は歩きながら、

——伊久代なんだな、と呟いた。

しかしその娘の様子には、過去の伊久代のイメージを消してしまう感じがあった。細部は符合するのに、全体の感じは違っている二枚の肖像画のように、彼には思えた。

デッキで外の闇を見詰めながら、彼は自分の判断不能症のことを考えた。些細なことでも、決めようとすると尨大な疑いにつきまとわれた。

すでに思い出になってしまった人間が、例えば遠い旅からひょっこり帰って来た時、眼の前の人が記憶の中の人の細部を訂正してしまったり、或は、総体の印象をすら訂正してしまうのは知っていた。結局は眼の前の人が勝つ。記憶の中で彼女は勝手に作り変えられ

たのか、しかし現実において成長して、変って行かない人もない、ごっちが規準というのでもないのだ、一人が二人であってもいいのだ、と彼は大まじめに考えた。いや、僕が自分の記憶に固執したって仕方がない。だれだって、現実のその人に合せて思い出を是正し、辻褄を合せていくんだ、と彼は考えた。しかし今夜の場合、記憶の中の伊久代はまだ幸彦の心の中に根を下ろしていて、眼の前に現れた彼女に場所をゆずりそうもない。というより、場所をゆずりそうになるのを、彼の思い込みが拒んでいるようだった。

デッキは外にむかってあけ放しで、間断ない線路の継ぎ目の音が、彼をとらえていた。彼の考えていることの中で、その音は鳴っていた。別の世界で伊久代が立ち上り、心を決めたように、こっちへ来るのが見えた。境界を越えて近づくと、最初からわかっていたのよ、というふうに、彼に身を寄せて立った。彼は彼女を見た。車輌の中からの光は、彼女の頸や小鼻を浮き出させていた。小さな特徴まで、彼女そのものだった。彼は、もう彼女が伊久代であることを曖昧にしておくわけにはいかない、そこまで昔のことにかかずらうのは卑怯なことだ、と感じ、伊久代はこの娘一人しかいないんだ、と滑稽な真剣さで認めた。

彼女の体は成熟していて、柔らかい重味があった。こんなに大人になっていることに、幸彦は気後れを感じた。この人は二十四のはずだ。僕が経《へ》たのと同じ年月が、この人にはどう作用したのだろう。彼女はあの時のような、とりとめない熱から今は病み抜けているんだろう。それとも、僕が感じたようなことなど、彼女には最初からなかったのだろうか……、彼は自分の中の傷が、孤立しているのを感じた。すると彼女は彼の気持を察したように、彼のほうを見た。

彼女の眼は、彼が一人で考えていたのとは似ても似つかぬ、余裕を欠いた、縋るような眼だった。その眼には彼の身内を犯すような耀きがあった。その眼は彼が自らに課した拘束を嘘だといっているように、努力放棄へ誘い、いく度か彼が見た、まわりに陸の影がない島へ連れて行ってほしい、と訴えてくるようだった。彼がその眼に惹き込まれると、彼女は受けとめ、慰める口調でいった。

――お母さんが亡くなられて、ガッカリしたでしょう。

――……。

――後悔していることってない。あの時こうしてあげればよかったってことはない……。

――ありますよ。……でも、ホットとした気持もあるんです。若い男には、だれにだってあるんです。母親から離れたいって気持が……。母親って、どうしても、縛るんです。

——それはそうかもしれないわ。でも、そのためには、お母さんが亡くならなくたっていいんじゃないの。そんなふうに考えるなんて、随分ね。

——でも、僕の気持を正直にいえば、そういうことになりますよ。母は僕のために生きていたんです。僕のために犠牲になってくれるなんて、彼女にとっても不幸でしょうけど、僕にだって迷惑でした。僕はそのことを考えてしまったんです。解決はないわけでしょうけど……。

——なぜ、そんなふうに考えるのかしら。死んだお母さんが可哀そうよ。彼女はあなたのために生きるよりほかに、生き方がないじゃないの。

——僕は、母が死んでくれればいい、なんて考えたことはありませんよ。母が僕への執着を捨ててくれたら助かるのに、と考えたことはありますけど。

——それ以外に、どういう生き方があるの。

——彼女に別の生き方なんか、あり得なかったわけです。

——あなたって、一体なにをいいたいのかしら。

——正直な気持です。実際、そういうことなんです。母が死んだから、打明けるんですが……。

——解らないわ。

——………。

——今僕たちの同僚で、喜んで仕事をしている人がいますか。僕たちにいやな仕事をさせるのは、校長や教頭もそうですけど、結局は繋累です。

——それでいいじゃないの。

——繋累は要らないってことです。

——解らないわ、繋累は要らないなんて。

——………。

——キリストみたいね。

——男の気持と女の気持はどこかで矛盾しています。

——そんなこと、あなたに解るはずがないわ。

——………。

——あなたは自分一人に求めすぎるのよ。苦しそうだわ。とても苦しそうだわ。

そうだ、僕は病人が石炭箱を引きずっているようなことになっている、と彼は思った。

——だから、女なんか、お母さんさえ要らないなんて思うのよ。

――……。

――そう思わないの……。

――僕が悪い状態に陥ちてるって思うんなら、救って下さい。

突然彼は口の端に笑いが浮かぶのを感じてはいたが、自制出来なかった。

――救うなんて……、そんなこといわれたって、どうしていいのか解らないわよ。わたしだって、自分が不幸になるのはいやですもの。

――……。

――あなたのこと、可哀そうに思えるの。

――……。

――救うなんて……。出来ないわ。

――フン、僕は迷路へ嵌ったのか。

――やけみたいにいわないで頂戴。あなたって自分の人生に注文をつけているのね。むつかしいわ。

――助けてくれないんなら、黙っていてくれ。

伊久代は気後れして、黙ってしまった。軽便は嵐模様の駅に止り、機関車が蒸気を吐いている音が、きれぎれに聞えた。幸彦はまた自分を見つめていた。そして、いつ僕はこの人と会話をはじめたんだ、と思った。彼は、二人の間の最初の言葉はなんだったのか、と思い出そうとしたが、思い出せなかった。ただ自分が喋ったことが、現在の癒しがたい疲れと関係があり、それを白状して、自分に対しても客観化したことが、腸《はらわた》の一端をさらしているように思えた。

——救われたくなんかない、と彼は心に呟いた。

伊久代は灯台の光が大きな塊りになったり、太い筋になったりするのを見ていたが、慰める調子で話しかけた。

——幸彦さん、灯台へ遊びに行って見ない……。

——……。

——どう。

——今からですか。

——そうよ。

——風が強いですね。

——そうね。風は強いわね。

――……。
――だれにもわかりゃしないわよ。
――……。
――ねえ。
――わかったっていいけど……。
――そうね。わかったっていいわね。
――今夜は帰ります。
――あら、どうして。
――寒気がするんです。
――どうしたの、夏の風邪……。
――だと思います。帰って寝ます。
――そう。
――……。
――幸彦さんと行きたいんだけど。
――……。

――そんなに体大事にするの……。

――……。

――そうじゃないんでしょ。あなたって、自分が決めたことが崩れるのが怖いんでしょ。計画が崩れるのが……。

――……。

――灯台に鮫はいないわよ。

――……。

――わたし鮫じゃあないわ。

――怖いのとは違います、怖いもんか。……僕はこんな生活はもう止めたいんだ。こんなことは、もう打切りにしたいんだ。

発車の音がしたので、幸彦は砂利を敷いたホームへ下りた。そこは神領駅だったのだ。彼は伊久代も一緒に下りるだろうと思っていた。しかし、彼女は下りはしなかった。ホームに立って、軽便を見送っていると、自分の体に不満が残っているのが判った。

やがて、体がどうしようもなくはやって来た。軽便は行ってしまった。彼は線路をわたり柵をまたいで、県道へ出た。そこのついたり消えたりしている外灯の下で、石を闇の中へ蹴った。

蕩揺する暗い海を身近に感じるのは、僕の危険な性質かもしれない。僕にとって、危険な時期かも知れない。無秩序の海は僕に見えがくれして、絶え間なく、僕を不安にしたり、いら立たせたり、失望させたり、疲らせたりしている。あの人はそこへ僕を導いてゆく、闇に光のカケラを浮かべた入江みたいだ。幸彦はそこに足をひたすのが、自分の勇気なのか、衝動に負ける弱さなのか判らなかった。

気がつくと、彼は低く闇の底を歩いていた。頭上の夜空は、規則的に広い層が灯台に照し出されていて、雲の模様が険しく見えがくれしていた。彼には、家へ帰る気はなかった。――どこへ行くつもりなのか、と彼は自分にいった。別に行くところもない、こんなふうに歩いていればいいんだ、と思った。

伊久代が骨洲駅へ下りると、運送会社の倉庫になっている土蔵の陰から、幸彦がオートバイに乗って出てきた。急いで、ようよう間に合ったという様子だった。伊久代のほうを見て笑っていた。彼の顔には硬い影があって、まるで木彫の像だった。その笑いも、顔に彫られたようで、始めも終りもない感じだった。彼女は、なぜ笑っているのか、と思った。彼のこんな顔を見るのは、最初のことのような気がした。およそ起こりそうもないことが、起こったように、彼女には思えた。彼女は彼を見守っていた。すると理解出来たことがあった。案外平凡なことだった。彼の中の気負いが自分に逆流し、胸を衝かれて、言葉を堰かれた瞬間を、その表情は示しているようだった。

——神経質な人ね、勝手に垣根をこしらえているんだわ、と彼女は心に呟いた。蹴球の試合で見せる、彼の見事な判断を、思い浮かべた。それも、この幼い感じの人柄から出てくることが不思議だった。彼女は彼に笑顔をやめさせて、彼と自然な会話をしたかった。彼女にもはっきりしない彼女の魅力を、彼は実体的なものとして見出し、しかもそれに惑乱しているようだ。彼女は微かにコケットな仕草をして、また彼を見た。

——今日は地方事務所へ呼ばれているのよ、と彼女はいった。

——………。

——知っているの……。

——知っていますよ。県の《年刊論集》のことなんでしょう。

——そうよ。

——……。

——大きなオートバイね。

――……。
――舟に乗ってるみたいでしょう。
――……。
――どうしたの。
――借りたんです。
――どこで……。
――藤枝の駅の近くのボデー屋に知合いがあって、頼めば貸してくれるんです。
――舶来なんでしょ。
――ドイツの車です。
――そう、すてきねえ。
――乗せて行きましょうか。
――いや、いや、怖い。
――……。
――運転よく出来るわね。試験があるんでしょ。
――僕は無免許です。駐在へ呼ばれたらおしまいです。

――およしなさいよ。

――……。

――知らないわよ。教育者のくせに。

――連れてってあげましょうか、地方事務所へ。

――やだ。

――大丈夫です。

――断わるわ。

――……。

――でも、なぜあなた今時分こんなところにいるの。暑いでしょう。

――走っていると涼しいんですよ。

――汗が一杯出ているわよ。

――車を止めると熱くなるんです。一ごきに熱くなるんです。

彼女は面白そうに笑った。彼は固い表情でそれを見ていた。彼の眼の中は暗く、しかも放心しているようだった。

――だれか待っていたんじゃない……。だれか待っていたのね。

――……。

――ねえ。

――……。

――答えくらいしてくれたら……。いやな人。

――……。

――……。

――あなたを待っていたんです。

彼は少し調子がはずれた声でいった。そして左右が不均等な顔で、怺えているように彼女を見守っていた。

――地方事務所の用、暗くなるまでかかりそうなの。きっと課長さん、うるさいことをいうわよ。

――そうですか。じゃあ自分はこの辺を少し乗って、藤枝へ走ります。六時までにこの車、戻しておかなきゃあなりませんから。

彼はそういって下をむいた。車の足まわりを眺めていた。洗い晒して、アイロンも当てないシャツを彼女は見た。日焼けが深くまでしみ込んだ頸の辺に、窶れが見えた。彼は年よりも老けていた。それでいて、子供っぽい気持なんだ、と彼女は思った。

——乗せてもらおうかしら。あまり速くしないで、地方事務所の手前で下ろしてよ。

——……。

——お巡りさんに掴まったって知らないわよ。二人で留置所へ入れられたらどうする。

県道との交叉点で、オートバイが流れるようになって速度を落した時、彼女は不安になった。

——こっちじゃない、内海さん、と彼女はなにげないふうをよそおって、いった。

カーヴすると、幸彦は途方もなくスピードを上げた。白い砂が硬く緊った、坦《たいら》な道が続いていた。行手には海があるだけだった。バラバラと剝がれるように飛び去る落花生の葉と呼応して、松林がゆっくりせり出してきた。

——僕に掴まって、手を持ち変えるんだ、と彼はいった。

しかし、スピードを緩めようとはしなかった。彼女はどうしようもなく、指示にしたがった。彼のズボンに片手ずつしがみつき、腕をその腹に廻した。そして、彼女は幸彦をうしろへ引っ張っている思いだった。

眩しく海がチラついている松林へ、車は一度乗り入れた。車が止って、彼が、僕はあなたにいいたいことがある、と切り出しそうに思えたので、一人合点して、彼女は彼をなじっている自分を思い浮かべた。だが、そんなことではなかった。

丁字になった道を一度突っ切ってしまった車は、砂にタイアを埋めそうになった。しかし五、六本の松を縫って廻り、力強く這い出した。松林に沿った県道を、大井川の川尻の方へ走った。さっき推量などしているひまに、砂へ跳び下りてしまえばよかった、と彼女は悔んだ。

——どこへ行く気、と彼女はいった。

彼の背中へ声を響かせよう、と思ったが、声よりも、それが顫えていることのほうが、彼女にはよく判った。幸彦の体にはゆるみがなく、大きなオートバイを抑えている感じだった。そして彼女の気持などに、関心を払っていないようだった。

彼の前には、濃い松林に整然と縁取られた道があった。そこへ彼が来たというよりも、そうした視界が不可避的に彼の前に現れたと思えた。ただ不規則な波が来て、彼女が腕に力を入れると、その感触が伊久代だということと、自分がしていることの意味を気づかせるようだった。

車は大井川の分流に沿って、海との間を走っていた。水面に、自分の灰色のシャツと彼女の白いブラウスが、辛うじて色分けされて移動していた。それが事態の曖昧な映しとして、半ばひとごとのように彼の視野の隅をかすめていた。

大井川の橋へ上ると、海がむき出しになった。手摺が歯ぎれよくうしろへ飛んで行った。幸彦には怖れが遠くにあって、濁りの暈《かさ》に見えた。

——あれが消えればいいんだ。

それが彼をそそのかしていた。戻れそうもない境を越える人が、もの怯じのせいで、余計開放される気分を、彼は知った。もどかしい思いをし続けた盲が、不自由と順次に馴れ合って行く努力をなげうって、走り出した瞬間はこうだろうか。

しかし一方では、車を止めたいと思った。近くの昼顔の這っている浜で、坐りこんでしまった伊久代を見下ろしながら、

——骨洲へ引き返そう。遅れたのは時計のせいにして、言訳けしてくれ、といっている自分を想像した。

自分も伊久代も元へ戻したい気がした。だが彼は、その時また宙に迷った自分が残って

しまうことを感じた。彼は想像を追いのけ、行手の未分の意識の中へ、自分を投げ込もうと思った。

焼津の港を避け、遠まわりして大崩の崖に出た。沼に浮き上る泡みたいに、笑いがこみ上げていた。彼は運転を楽しんでいたかのようだ。夢の中だけであり得る具合に、反射神経が過不足なく働いて、輪は狭い道を外さなかった。静かな時があって、百メートルも下の岩間に、波がたゆたっているのが見えた。えぐれた渚が開け、その上に富士が見えた。石湧の駕籠岩まで来ると、モーターが利かなくなった。彼はクラッチを切ってしばらく惰性で走り、クラッチを入れて見た。モーターはかからなかった。伊久代の胸は彼の背をだんだん強く圧し、念を押すようにしてはなれた。

彼が岩陰に立つと、汗が吹き出して来た。モーターの鍵を閉めて振りむくと、彼女が岩肌に掌を当てて、よりかかっていた。彼女の下半身はしびれが切れていたのだ。彼は骨洲駅前にいた時とは別人のように、彼女を視野の中央に入れた。蹴球でマークしてくる相手を見透かす時のような、自然さがあった。彼は彼女に近づき、二の腕を掴み、駕籠岩の洞の中へ引っ張って行った。

彼女は自分の脚を意識できなかった。上半身だけでさからったが、踏ん張りが利かなかった。促されるだけで十分といった足取りで、前へ出てしまった。足元の悪さもあって、彼に縋っているようですらあった。時々腰骨を彼にぶつけながら、薄暗がりを抜けて、水平線が見えるところまで行った。

体に腕を廻されると、彼女は短く喉を鳴らして息を吸い、暗示がとけたようになって、彼の唇を避けた。湿った岩肌に圧しつけられても、彼女はそこに髪を軋ませて顔を右左に廻し、相手の思うとおりにならなかった。その間ずっと、彼の大きな眼は、彼女の眼を正視していた。彼女はそんな彼を、今まで見たことがなかった。

それからは、四つの眼が争っていただけだ。彼は手出しをしなくなった。二人は無言で息をはずませていた。やがて彼女には、静かな瞬間が来たように思えた。彼がいつもの彼に戻って行くのが感じられたからだ。彼女は哀れむ眼で、彼を見ていた。すると彼は、怯えるような眼をした。やがてそこに弱気がよぎり、彼は彼女から眼をはずしてしまった。

彼は自分のしたことを思った。まだ漠然としていたが、見るにたえない自分がさらけ出ているのを、彼は感じた。洞窟へはひっきりなしに波が流れ込んでいた。わがもの顔に騒ぎ続け、冷たい風を起こしていた。彼は放心していた。彼女がなにかいったのが、波の騒ぎにまぎれてしまって、彼は聞き取ることが出来なかった。ためらったが、

――なんだって、と彼は聞きなおした。

――色気違い。

――……。

――あなたの考えを聞きたいわ。

――……。

――いってよ、黙っていないで。

僕は人間の中に棲む動物だ、と彼は思った。

――僕が悪かった、と彼はいった。

――悪かったなんて、すぐに思うようなこと、なぜするの。

彼女は泣き声になりながら、いった。涙が岩の縁へ続けざまに落ちた。

――どうしようもなかったんだ、自分でも。

――それが言訳けなの。それじゃあ、これからあなたのこと、どう考えたらいいの。

彼女は肩ごしに、彼に眼を据えていたが、反応はなかった。肩先を痙攣させて立ち上り、彼に近づいた。彼の髪を掴んで、うん、うん、いいながら頭を動かした。彼女が手を離すと、彼は両手で顔をおおってしまった。

彼女は鳥を思わせる体恰好をして、彼を見守っていた。さっきまでの戦《おのの》きが消えて行き、疲れが交替してくるのが感じられた。また涙がこみ上げてきた。声もたてずにしばらく泣いていたが、彼女は鴐籠岩を出て行った。

彼は長い間そこにいた。岩のドームにゆらいでいる波の影と向きあっていた。気をとり直して県道へ出て行き、彼は挨をかぶったオートバイに近寄った。それが自分を捉えた興奮の証拠として、彼には感じられた。

――オートバイにも、家にも、ボールにもグランドにも僕の影が染みついている。みんな僕の興奮のむくろになってしまう、と彼は心に呟いた。

彼は鴐籠岩のはずれへ行って、空を見た。晴れているのに、煙のような微粒子がたちこめていて、空はほとんど灰色だった。彼はそれを、自分の暗い眼と関係があることのように感じた。彼は自分の克明な影に眼をやって、避難港のない舟だと思った。オートバイにまたがって藤枝町に返しに行った。そして、軽便鉄道に乗って、青い夕方の空に灯台の光が廻っているのを見ながら、神領村へ返った。

伊久代が浜へ行くと、海は光のウロコを浮かべていた。もう夏の光が掴みかかる時刻を待ち構えていた。輪郭を光に侵された岩に、海鵜がとまっていた。簑を着た恰好で、四羽並んでいた。水に入っているものもあった。陸《おか》に起こっていることなどには、永久に無関心な様子だった。彼女は呆《ほう》けた眼でそれを見ていた。動きをいつの間にか追いはじめ、しばらく眼が離せなくなった。

合の瀬から夏鯖の船が帰って来ると、海鵜は海へ滑りこみ波間にかくれたが、船の波が行ってしまうと、頭を見せた。彼女は長い間、そんな動きを見ていた。やがて、熱気に肩を圧えられているのを感じた。光は透明になっていて、海は芯まで青く、鵜の羽とまぎらわしいほど濃くなった。そして、頬の黄色い部分が、時々合図のようにチラついた。

太陽はかなり高くなっていた。これほどの光の推移に、それまで気づかずにいたことが、彼女には不思議だった。

彼女は波打ちぎわから上り、墨をこぼしたように松の影が落ちているところへ来た。昼顔がみすぼらしく、砂にこびりついているところだった。その網目を踏んで、彼女は影の中から、明るい海を眺めていた。

骨洲港が白い単調な渚を、わずかに区切っていた。少女時代、彼女にはその港が視野の中心にあった。朝たまたま浜に来て、鷗の群にまといつかれ輝いている港を見て、彼女は心を引き立てられたことがあった。そこには物語がある気がした。彼女の少女時代そのものが、いくぶん物語だった。幸彦が満ちたりた眼をして歩いていた。その眼を、彼女は飽くことなく見たいと思っていた。しなやかに伸びた体も渇いた気持で見た。

しかし、もうそうでなくなっていた。骨洲の港すら、いかにも小さく、魚を揚げても排《は》けない土地の港らしかった。大井川の南にとりついた、一個の牡蠣殻といったところだった。


苦行者めいた、青黒い木彫のような幸彦の顔が、彼女には見えた。光が彼を苦しめているかのようだった。表情の小さな動きが、窶れたことをあらわにした。しかしその笑顔は、無邪気な子供みたいに、彼女には思えた。彼女は彼の顔を知り過ぎてしまったと思った。幸彦は急に笑うのをやめ、怺えているように、眼を暗くした。彼女は怖れ、それから身内に憎しみが湧くのを感じた。それが酸のように、自分を蝕んでいるのを感じた。

——掴まえに来ないで、普通じゃあないわ、わたしだって、あなたみたいに気が狂っちゃうわ、と彼女は、彼にむかって叫んだ。

消えずに追いかけて来る彼の顔を、押し戻したかった。

あの時幸彦が障子を開けて姿を見せると、彼女は胸を衝かれた。一人でいる彼はこんなふうだったのか、と知らされた。もう病気はかなり良くなっただろうと予想して、患者を見舞ったのに、彼は前よりも悪くなっていて、病気と格闘して、押しひしがれた顔をしていた。

夢の残像を見ているように、彼は半信半疑らしかった。挨拶のつもりか、弱々しく笑った。その笑いも萎えてしまい、病気の家畜が、手当てをこばんで、あとずさりして行く表情になった。

——これよ、わたしの書いたことが載っているの、と彼女はいった。

彼は黙っていた。

——目を通してくれる……。

彼女は分厚い《静岡県教員年刊論集》を差し出した。彼は上り框まで来て、それを受け取った。だが、中を開いて見ようともせず、本を提げて棒立ちになっていた。

——読んでよ。

——………。

——読んでくれないの。

——借りておいていい……。

——今読んで返して。短いからすぐに読めるわ。

幸彦は勉強部屋の明りが流れ出ているところまで行って、それを開いた。目次の〈羊歯郡漁業沿革〉とか〈アジアの目醒〉とか〈方言の存続と矯正〉という題とその筆者の名前が眼に入っただけで、彼の気持は波立った。彼の書くものはそこへ並ぶことが出来なかった。彼はその理由を考え、自分に切実なことしか書かないからだ、と思った。そして一層、自分に切実なことしか書くまい、と思ったのだ。それが信念などではなくて、偏執だということを彼は感じていた。だから《教員年刊論集》は明るい高みから、彼の劣等意識を嘲笑しているようだった。

〈児童の希望の変化〉という伊久代の文章を読みながら、幸彦は眼が窪む思いだった。読み終えると、彼女のほうに歩いて来て、相手の手の中にそれを捨てるようにした。彼女が受け取りそこね、本のかごが足の甲にぶつかった。彼女は顔をしかめて、痛みをやりすごした。本を拾うと、彼を睨んだ。幸彦の顔はよく見えなかった。赤っぽい光が後頭部に当っていただけだったのだ。彼女は、男の大きな影の中で両眼がにぶく光るのを、しばらく見つめていた。それは黒く焼けたニッケル貨のようで、彼女が睨むのに反応して来なかった。

――内海さん、頼みがあるんだけど、と彼女はいった。

彼は黙っていた。誤魔化されやしない、と彼女は思った。彼に返事をさせて、この暗がりの中にいる人間が彼だ、とあばきたかった。

――わたしのこと、学校でだけはあんな眼で見ないでよ。

――あんな眼……。

――そうよ、あなた駕籠岩の中で、どんな眼をしていたかわかる……。おかしな眼だわ。学校でだってそうよ。なんだって思っている人もいるのよ。

――……。

――えたいのしれない眼よ。

――……。

――自分で解らないの……。

――……。

――勉強に水をさすみたいになるけど、あんまり本ばかり読んでいるもんだから、こういうことになったんじゃない。

――眼、眼、眼のことをいわれたって、ぼ、ぼ、ぼくにはどうしようもないんだ。

――わたしを見ないでっていっているのよ。

――お、おなじが、学校にいて、そ、そんなことはできない。ほ、ほかの連中だって君を見るだろう。

――普通にしてってっていってるの、あなたの眼が変だっていっているの。

――そ、それが僕の責任か。

――さあ、わからないけど、わたしにあんまりいやな思いをさせるもんじゃあないわ。あなたの眼がいやな思いをさせるからこそ、わたしを見ないでって、いってるのよ。

彼女はたかぶって濡れた眼をしていた。しばらく、はっきりしない二つの光を見つめていた。そうして言葉を次がないと、効果がないように彼女には思えた。しかし、結局、自分のいうことを、彼が聞き入れたかどうか、彼女には掴めなかった。欝憤のやり場がなくて、彼女の体は、気持とはチグハグにす速く動いた。

立ち去った伊久代の後姿を、彼は放心して追っていた。草履をつっかけ、閉ったばかりの格子戸を開けて、大戸へ出た。彼女は敏感に振りむき、軒の深い入口に彼の影が哀れっぽく動くのを見た。それからまた、夜気が動いている闇を見た。

——この人は勝手にごんごん遠走りして、はぐれてしまった兵隊みたいなものだ、と彼女は心に呟いた。

——眼か、眼か、眼が僕の正体だ。僕は、僕一人で動かせる代物《しろもの》じゃあなかった。手におえないものなんだ、と彼は感じた。

それはこっちが気にすると、向うからつけこんで、のさばってくるものだった。それが、彼の意識が生まれる前から、彼を待ち伏せていたと思えた。そいつが彼を強制して、一人捨てようもない貧乏籤を引かせてしまった。そしてまだ、自分の楽しみのために、彼をなぶり物にしていた。

彼は駆け出した。スレスレに近づくまで、彼女は怺えて歩いていたが、肩越しに彼を見て、怯えた体恰好になった。それから、向かせられた感じに彼と向き合った。

——えたいのしれない眼って、どういうことか。

——えたいのしれない眼……、えたいのしれない眼って、あなたの眼よ。

その時彼女は、彼の眼が際限もなく怖くなった。彼女は眼から眼をはなすことが出来なかった。自分全体が、彼の眼の中にとりこめられた気がした。そんな彼女を見て、彼は自由にならない顔を感じ、もう直しようがないと思った。

——それを聞きたいんだ。

——それって……。

——なぜそんなことをいうのか。

——本当のことだからよ。わたしがそう思うのよ。

——なぜそんなふうに思うんだ。

——だれだってわたしの身になれば、そう思うわよ。

——……。

——それ以上説明できないわ。

——僕を見抜いていると思っているからだ。

——そうよ、見抜いているわ。可哀そうだって思っているわ。

——……。

——放して、放してよ。乱暴ねえ。

彼は彼女の左の二の腕を掴もうとした。振り切られたので、手頸を握った。伸びのある力が、海中で魚の尾を握った時のように感じられた。彼の体は闇の中へ引かれた。そこには人間のにおいが、娘のにおいがこもっているようだった。彼女の右の腕を掴もうとした。捉えそこねて、やはり手頸を持つしかなかった。二人の両腕は輪をこしらえた。《静岡県教員年刊論集》が地面へ落ちたのを気にしながら、彼女は手を彼にあずけ、彼の隙をしばらくうかがっていた。しかし、それも空頼みだとわかってきた。

——どうして、こんなふうにばかりなるの。

——僕の家へもどれ。

——どうして……。いやよ、いや、いや。

——……。

——あなたは一体だれなの。学校の教師じゃあないの。みんなにいって、問題にしてやるから、あたし。

彼女の手頸を片方はなし、彼は芸のない恰好で、伊久代を家の大戸へ引っぱって行った。彼女は軒先の台石に足をかって踏んばろうとしたが、腕が伸び切って抜けそうな気がした。例外なく案ずるより生むが易しだった、いくつかの経験が頭をかすめた。それは、擬装した妥協だった。

先行きのしれない力が、一時緩み、彼女は敷居を越えている自分を感じた。羽交いじめにされ、畳に引き上げられた。框から下りようとすると、辛辣な手が腰骨を押し、彼女はよろめいた。踏みとどまったが、いきなり機械がかかったように、膝が顫えはじめ、骨が鳴った。

言葉と考えはどこかへ行った。ただ駕籠岩の波の反映の中で、髪を梳いていたことだけがむやみに浮かんで来た。彼女は夢の中でそうしていたことがあった。静かな時が、今夜も戻って来るだろう、と彼女には思えた。だがそんなことはなくて、一度暗転したままで、長い夜が続いた。

彼は顫える彼女を見つめていた。彼が意外に冷静なことが、彼女にはもう判りかけていた。彼は彼女の動きを見透かしていた。彼は瞬間の真実を見切ることができた。す速い反射運動ができた。蹴球のボールの扱いや、船の操作、たゆみなく、しかも微妙な魚釣りで彼がおぼえ、確実な能力としたものだった。彼女はそんな彼を感じ、自分の状態と対照した。

彼は一方的に判断したらしく、彼女の手頸を持ったまま、もう一方の手で、勉強部屋の電気を消した。狭い余地を侵した闇に、まだ雲のような白いものが見えるところで、なにかはずした。それが彼女を擦ると、しとって重たい感じの兵児帯だったのを知った。彼がなにをしようとしているのか解らなかった。無方向に暴れて見た。だが、彼の手が要所要所をす速くおさえてしまった。彼女は自分の抵抗が、彼の手のしていることを多少遅らせるだけだと気づかせられた。

彼女は手頸が後手に括られてしまったのを感じた。闇の中をふらついて、坐りこんだ。大きな息のせいで、肺が痛かった。舌の奥に唾が粘っていた。彼は兵児帯のはしを柱に縛っていた。彼は立ち上ってそこから離れ、また来て結び目をしらべたらしかった。彼はまた感じられなくなり、急にその影が、勝手場の板格子の窓をふさいだ。土間で桶が倒れ、水が流れる音がした。間仕切りの板戸が閉って、窓の形もなくなった。静かになってしまい、澱んだ空気の中に蚊の羽音が湧き上った。彼女は縛られた手頸を支点のようにして、もがいていた。それが気休めだということを、彼女は知った。疲れて、ただ蚊柱をぼんやり感じているだけの時もあった。そして、気持を整えようと思った。しかし幸彦のことが、眼とか声とか強い力として現れてくるだけだった。統一した像にはならなかった。彼女は手懸りを得ようとして、少年時代の彼の姿を思い浮かべた。そして、あの時へ全てを戻さなければ、と思った。

彼のはだしの足音が大戸の方から微かに聞え、まっすぐに土間を近づいて来た。彼のにおいがして、骨太の体が彼女を取り込むように坐った。彼の硬い髪がブラウスにさわり、胸に椰子のような頭が押しつけられた。彼は腑向いている、と彼女は思った。彼は手心を欠いていて、彼女の胸はいびつになった。やがて、頭は下へずれたので、乳房ははずんでもとへ戻った。ゴツい両腕が彼女の腿を抱えていた。海水で硬直した麻綱のような腕だった。そして、彼女の下腹には頬が当っていた。

そのままで長い時間が過ぎ、彼女には気持の変化があった。彼は浮きを枕にして、海にただよっているかのようだった。耳を澄ましているようでもあった。彼女の気持は一時和んだ。そして、諦めに落ちてゆく気がした。

――内海さん、わたし立ち入ったことをいったわね。あなたのことはむつかし過ぎるわ。

――………。

――わからないわ。これからだって、わかりそうもないわ。でも、わたし、思いやりがなかったってことは認めるわ。

――………。

――悪かったわ、本当に。

幸彦が自分をはねつけているように、彼女には思えた。彼女は、彼の声を聞きたかった。黙っていられるのは、張り合いがなかった。

膝の内側に手が触ったのを感じ、彼女はそこを緊めた。すると、手は下着の中を、脚を伝わって上ってきた。それは体よりもずっと熱かった。汗に滑りながら、腰まわりの脹らみや窪みを克明に感じさせ、いつまでも動いていた。その手が自分の手頸を縛ったことに彼女は怒った。途方もなく不当なことに思えた。しかし怒りと交替に、少年だった彼が浮かんだ。あの頃は彼の姿を、彼女の眼は、渇いた時の水みたいに求めていたのだ。

夜が停滞していた。闇は、満ちたきりで引かない潮だった。しかし、とうとう、青貝の内側に似た光がどこからともなく湧いて、幸彦の家を包んでいた。立てつけの悪い雨戸の隙間が、光の筋になった。彼女は、

——開けて、開けてよ、とかすれ声でいった。

彼女の両脚の間に、幸彦は水舟みたいに、詫っている恰好でうずくまっていたが、立ち上って、雨戸を二本繰った。竹が空を透かしていた。空は緑色に変って行った。竹の葉は

微妙に重なっていて、空を遠く見せた。彼女にとって、それは光の湧く大きな泉だった。冴えた人声や物音が、合図のように響いていた。彼女はもっと見たいという仕草をした。しかし、あせりは彼女の不安に過ぎなかった。彼女はその時刻の形と色を、くまなく見ていたのだ。

こっちに背を向けている彼も、遠くにいるように見えた。彼は無表情に見えた。彼なりに表情はあるとしても、彼女には見えてこないのだ。白い濁りとしか思えなかった。しかし、彼女の気持は不安定で、フッと彼の視界を覗いた気がすることもあった。鉛色の水面に、鉄の鰭のようなものが随所に現れている視界だった。

彼は彼女に近寄り、横顔を見せたなりで、手頸から兵児帯をといた。彼女は坐り直しただけで、その場を動こうとしなかった。彼は自分の六畳間に入り、シャツとズボンを脱ぎ、褪せた青のユニフォームを着て、表から駆け出して行った。

彼女は立ち上り、彼の部屋を覗いた。そこは割合い整頓されていたが、地味な装幀の本と数冊のノートが見えるだけで、なんの色合いもなかった。必要もないのに、空間が無駄なく利用されていて、船乗りだった彼を思わせた。狭い漁船の中は、こんな具合なのだ。放り出してあるシャツに、汗が茶色の地図になっているのがはっきり見えるまで、彼女は眼をさらしていた。

　幸彦は小学校へ行くと、ゴミ捨て場のコンクリートの囲いに、ボールをかたわらに置いて、長い間腰かけていた。高い草に、所々中断された水平線から、光の範囲がひろがってくるのを見ていた。幼いころかいだ母親のにおいが、どこかを流れて、伊久代の体の中に濃く溜っていた気がした。彼はまといつくものを振り切る様子をして、叢の中へ跳び下り、薄や虎杖に絡んでいる藪枯しの蔓をプップツ切りながら、運動場へ出て行こうとした。草が終るところで、葉鶏頭の太い茎が股間を擦ると、彼はそのままの恰好で歩くのをためらうようだった。下腹で緊密な束が堰ぎを押し破る気がして、精液が下ばきの中へ迸っているのを感じた。

　それから、彼はなにもしなかった。空に拡がっていく光が、伊豆の硬い影を柔らげていくのを見ていた。晴れ上ったが、澄んだ日ではなかった。彼はこの時刻にいくどもここにいたことがあったが、伊豆の変化をたどったのは、この時が最初だった。

　一日がはじまった感じはなくて、はじめも終りもない、勝手な、ぐずついた陣地交替が感じられただけだ。過去を考えると、窓の列に似て一日一日が見通せ、伊久代の声がそこここに絡んでいた。だが、行く手には、索然と秒針が鳴っているだけだった。彼は一個所に立っていて、ただ物の影が廻って行き、闇が領し、また光が射す、ということの繰り返しがあるだけだと思った。調車のシャフトの動かない芯に嵌められていて、光と影がそのまわりを廻り続けることになった、と彼は思った。それは無為という、麻痺の枷だった。興奮と忍耐と生き物の苦痛がギッシリ詰まった二十七年の間、励ましを与えていた理由にこだわることを、彼は放擲していた。

――あの人はもう神領を見たくないにちがいない。どこかへまぎれて生き続けるだろう。……死ぬなんてことはないわ。死ぬなんてことは……、と伊久代は呟いた。

しかし彼女は、自分が彼にとってなんであるのか、その時は考えなかった。

彼女は大井川の川口へ行こうと思って、骨洲港の西の低地を歩いていた。密生した葦で川口は見えなかったが、その辺だけにいる海燕がつぶてのように頭上をかすめた。一種の甘さを含んだ葦のにおいがした。葦に囲まれると、風が戸惑っていて、そのにおいはもたれるほどだった。足もとが悪く、彼女は半ばは葦の根や倒れた葦の上を歩いていた。ズックク靴の下から、同じにおいのする水が染み出した。飴色の水に沙魚《はせ》の群っているのが覗けることもあった。

合宿をしているのだろう、蹴球部の中学生が二人、前後して葦の中の径を走っていた。入り組んだ径を、右へ行ったり左へ行ったりしながら、二つの頭が動いているのが判った。そして彼女とすれ違う時には、水を染み出すスパイクの音と息と、筋肉がブレる音が聞えた。汗みごろの、熱い塊りが通った。それからしばらくして、葦の低いところに二つの頭が見えた。二人は彼女に近づいて来た時のように、もどかしい径を丹念な感じに曲りながら、遠ざかって行った。

解説

三木卓

静岡県は本州中部に属し、太平洋に面して横に長い県である。気候は温暖で日本中でも住んでみたいところはどこかというアンケートをとるといつも上位に来る。緑は濃く、おだやかな人柄の人が多いといわれる。

このアンソロジーは、日本の近・現代の文学から、この県に生まれて育った者や縁あってこの地を体験した者が、なんらかのかかわりを持ったことをあらわしている作品を集めることでなりたっている。文学はその書き手の個の上に成立しているので、それは多様な開花であり、ふつういわれる県のイメージにもちろん必ずしも一致するわけにはいかない。人生は人の数だけあり、人は同じ情景に出会っても異なるものを受けとるものである。

とはいえ、全体を読みとおしてもらえば、作家たちがそれぞれ受けとったものが、どこかで或るハーモニーをかなでているかもしれない。と感じれば、静岡という地が、人にこう働きかけているということが浮びあがってくるかもしれない。それぞれがどう感じるかは、もちろん読者もまた自由である。

巻頭の大岡信（一九三一〜）の詩「螢火府」は三島に生まれ、少年期を過ごした詩人の幼少年期の回想をもとにしておそらく書かれた。

「三島は水都なりき。清水は溢るるごとく町の内外を貫き、藻草は緑なす髪のごとく流れに喜戯したり」とコメントをかれがつけているように、三島は富士山の伏流水が流れ出てくるところだった。その水に対する大岡信の愛情と讃歎は、「故郷の水へのメッセージ」など他の詩でもうたわれていてかれの自然に対する向日的な受容力の根本にあるものだと思う。

それはまた母恋いのうたでもある。幼い日々の昔の三島の自然的風景のなかに幻のように浮びでる母のイメージ。いくつになっても母は宵闇のなかに立っている。ここでは螢の独得の匂いとともに。

後記に出てくる川崎洋は詩人。加納光於は画家。ともにかれの親友だが、川崎さんは、わたしも好きな詩人だった。少年の心と大人のやさしさを兼ね持った才能の人で、大岡さんが、かれと親しかったのは、よくわかる。

戦争が終わって一八〇度考えを転換しなければならなかった日本人は、混乱と貧困のなかにあって、既成の文化や考えをすべて否定する傾向の発想に親しんでいた。否定を契機にして考えるという姿勢は、戦後現代詩全体にも共通する発想だった。そのなかで、二人は、ほんとうにのびやかに生のよろこびを積極的にうたった。戦後世代のわたしには、それはまぶしく、新鮮な世界だった。

梶井基次郎（一九〇一〜一九三二）の「蒼穹」は、ここには地名はあらわれていないけれども、伊豆湯ヶ島に滞在していたときの体験によるものであろう。梶井は大阪出身だったが在京中に病を得て、伊豆湯ヶ島温泉で療養した。その折の風景であったろう。

こまやかな自然の観察が展開されていて、いかにも時間の余裕のある病者の眼を感じるが、わたしがとくにおもしろかったのは、雲の発生に注目しているところである。雲の発生と消滅というものは、気になればなるほど不思議で気になる。わたしはかつて北海道の夏に、利尻岳の頂上の雲の生成と消滅の状況の不思議を遠く目撃していたことがあり、それは記憶にのこっていた。梶井は、そこからこんなことを考えていた。

「突然私は悟った。雲が湧き立っては消えてゆく空のなかにあったものは、(中略)なんという虚無! 白日の闇が満ち充ちているのだということを。私の眼は一時に視力を弱めたかのように、私は大きな不幸を感じた。濃い藍《あい》色に煙りあがったこの季節の空は、そのとき、見れば見るほどただ闇としか私には感覚出来なかったのである。」

うーん。そこまで考えたのか。そういう見方は、いわれればとてもおもしろい。さすが「檸檬《れもん》」の作者である。

太宰治(一九〇九～一九四八)の「満願」はかれが三島にいたときの話ということになっている。飲み相手だったお医者さんのところに来ている、夫の薬をもらいに通っている一人の妻が主人公で、ここで語られるのは実にほほえましい話である。自虐的だったり絶望的だったりするのが、かれの主要作品の基調だが、これはおだやかであくまでもやさしい掌篇である。わたしはこういう太宰が好きである。

藤枝静男（一九〇七〜一九九三）は、現在の藤枝市生まれで、生涯眼科医としても生きた作家である。雑誌「近代文学」に作品を発表して注目され、作品を書きつづけた。私小説が中心だったが、特異な幻想や土着的な視界が展開することもある。「一家団欒」は、かれの作品の中でも、特徴のよくあらわれているすぐれた作品だと思う。

主人公の章は、市営バスからおりて大きな湖を指して歩いていく。そして「本堂のわきの軟かい毬を一面にならべたような美しい茶畑にかこまれた」自分の一族の墓場にたどりつく。

そこまで読むうちに、主人公はもう死んでいて、魂だけになった者であることがわかってくる。そこは静岡のどこかであることもわかる。

「とうとう来た。とうとう来た」とかれは思う。

そして墓のなかに入っていくと、そこにはすでに物故した家族がいて、夭折したものは、そのときの姿のままでみんなが、暮している。章は内臓や何やらをみな献体寄付して来たので、いたましい姿になっている。父親がそれを見て「むごいのう」というと

「ええよ。向こうで悪いことばっかりして来たで、僕はこれくらい当り前だよ」と章はいうが、急に胸が迫ってきて

「父ちゃん、僕は父ちゃんに悪いことばかりして、悪かったやあ」といって父の膝にしがみつく。父親は

「ええに、ええに。お前はええ子だっけによ」といって愛撫してくれる。

「彼の首のつけねのところから頭にかけて、ごわごわした厚い掌で撫でた。割れて角皮化したようなその左手の太い親指の先きには爪が生えていない。それは父が奮闘して家を起こした若い頃の勤労の名残りだ。父が死んだとき、汽車で数時間の勤先きから駈けもどった章は、その丸い指をくり返しじるばかりであった」

その父親より、もうひとまわり近く年上になったこの紹介文を書いているわたしは、ここで深い感動がひろがってくるのをおぼえる。なつかしい土地で先きに逝った家族といっしょになることは、こんなに安らかなことなのだ。

藤枝さんの幻想は、わたしにはときにちょっと特異でおどろくこともあるが、ここで展開される幻想では、その土地に生まれ、その土地で人生を終ることの安堵と安定が、みごとに、えがかれている。自虐的なところもある藤枝さんだが、ここではそういう感覚も生きているし、かれの望む永遠がとらえられている。これは静岡の土に根ざした名作である。

吉田知子（一九三四〜）「お供え」も、とても緊張するものがたりである。夫に死にわかれて一人ぐらしの女主人公は、木々が繁っている庭のある家に住んでいる。その家の敷地の入口に、だれかが毎日花を置いていく。まるで交通事故があった場所みたいで不快だから毎日捨てる。気になってたまらない。だれがそんなことをなせしているのか。

謎は続き、すこしずつ状態に変化が起こってくる。そのあたりの作者の読者を追い込んでいく手腕は冴えている。

やがてわかってくることは、町の連中が女主人公を〈神〉だと信じて、〈お供え〉をしていたということである。その結末は謎めいていて、はっきりした言葉での説明は巧みにさけられている。

孤絶した生活をしている、社会とのつながりを自らたち切ったような生活をしている女主人公（たとえば作家という仕事はそういうところへ人を追い込むこともある）の意識の世界が展開されていると思う。一人ぐらしの女主人公は、じかな世間と接点をもたないで生きていたので、まわりからは、特別な存在として、あるいは異物と見られ、歯にものがはさまったときのようにおちつかないものとして意識されることになるかもしれない。その意識は、対象の人物を見下すべき存在なのか見上げるべき存在なのかの葛藤状態となって表面にあらわれることもあろう。ここでは聖性が前面に出ていることになるが、群衆の態度には攻撃性も感じられる。

いかにも吉田知子らしい、とてもおもしろい作品だった。彼女は浜松市出身の個性的で独自な歩みをつづけている作家である。

三木卓（一九三五〜）の「六月」は一九五〇年代前半の、まだテレビもないような戦後の静岡市を背景にした少年の「ある夜」である。駿府城の内濠の周回コースの中には、まだ赤煉瓦の高い塀のつらなる静岡刑務所があった。うっくつした少年の耳には、「センチメンタル・ジャーニー」がやさしくひびいていた。連作「はるかな町」のなかの一篇。

泉鏡花（一八七三〜一九三九）の「雛がたり」は、この作者面目躍如たる華麗な幻想世界である。今の都会の家庭では、娘のために豪華な雛壇を飾ってやれる豊かな空間があまっているお宅はそう多くはないだろう。泉鏡花は、加賀百万石の城下町の金沢に生まれ、そこは加賀友禅、金箔など美的文化の発達したところだった。当然少年期から、雛壇のさまざまな美しさに魅せられていた子だったろう。「北の国」というのは、金沢を指していよう。

その鏡花が妖しい美の世界を、静岡安倍川の橋のたもとにある安倍川餅の店の奥に目撃してしまう。人気のない広々とした茶の間に五壇一面の緋毛氈《ひもうせん》が敷かれ、四畳半いっぱいに雛、人形の数々がある。また奥にも小座敷が見えそこに五壇の雛。どうもその雛たちが生きていて何かをしている気配がある。〈私〉はびっくりして飛びのくが、やがて襖《ふすま》の奥には何もなく、ただの幻想だったことがわかってくるけれど…

人形《にんぎょう》は人形《ひとがた》でもある。そのことを思うと華麗な美の世界がおそろしい場とかわる。鏡花は怪談好きで、よくおばけも登場するが、かれの美は、そういう転換を孕んでいるので味が深い。ここには安倍川や丸子が設定されているが、これは書きわりのようなもので、かれの美的趣味のみごとさが目立つ。

内田百閒（一八八九〜一九七一）の「由比駅」は、例の鉄道マニアとしてのユーモアのある作品か、と思って読むと、少しちがう。かれには幻想的な作品もあるが、その系列であろう。

主人公は東京駅から由比までいこうとしている。しかし待ち合わせの相手がこない。困っていると和服の着流しの男が、いきなり「栄さん、大きくなられましたな」という。内田百閒の本名は栄造である。

「ごなたでしたか」

「いちですよ」
「いちさんと云うのは、思い出せないが」
「いちと云う犬がおったでしょうが」

待ち合わせの男らしい人から係の者に電話があり「先へ行っているからって」という伝言があり、かれは一人で汽車に乗るよりない。由比になにしにいくのかもわからない。やって来るボーイも怪しげだし、「お連れ様が別の車にいらっしゃる」というのでいってみるというのは女性で「まあ、旦那様ったら」と雨に濡れた肩をハンケチで叩いてくれたりする。

列車は新幹線が出来るまえだが、電化はされているようである。主人公は由比へ行くためには、列車が通過してしまうので、清水でおりかえして、由比まで行きホテルに入るが、わけのわからない人物が出入りして、主人公は困惑する。

鍵は、昔飼っていた〈いち〉という犬にあるように思われる。百閒は、由比よりずっと西、岡山の名家の生まれで、そこで〈いち〉とともにいた。郷里で工事のダイナマイトのせいで墓場が崩れて友人のおばさんの棺桶がとび出してくるという事件もあった。その友人の思い出と〈いち〉はつながっていた。また父親が死にかけていたときも〈いち〉らしい犬が部屋に跳び上がってきて病床にはべった。〈いち〉は主人公がかわいがったり、いぢめたりする存在だった。

東海道線は山陽本線につながり岡山までまっすぐいける。由比はその通過駅である。由比というのは、はるか故郷の岡山（そこで主人公は旦那さまなどといわれていた）の方向を指し、そこは百閒の人生の重要ポイントである。ここでは〈いち〉を媒介にしたなまなましい思いがそれを象徴している。生きていることの重さも感じる。

川端康成（一八九九～一九七二）の「神います」は伊豆半島の温泉場のエピソードであろう。鳥屋と呼ばれる男が、病身の妻を温泉場でていねいにやさしく洗ってやっている。その幸福な妻の姿をはるかにのぞんでいる〈彼〉は、実はかつて、この娘を傷つけたことがあった。しかし、今、彼女はしあわせになっている。その情景を見てかれはこう思う。

「人間は人間を不幸になぞ出来ないことが分った。（中略）傷つけたが故《ゆえ》に高い立場にいる者が傷つけられたが故に低い立場にいる者に許しを求めると言う心なぞは驕《おご》りだと分った」

あさはかな人間の気持ちを過信してはいけない、大いなる力が世界に及んでいる、という認識だと思う。

坂口安吾（一九〇六～五五）「熱海復興」は、昭和二三年の熱海大火を背景にした、安吾式の陽気でニヒルで活発な体験話とでもいうものである。

熱海の大火はすごいものだった。わたしの伯父が、当時、大東京海上火災静岡支店の支店長代理をしていて、「まあ、うちは大丈夫ですが、××なんか、支払いが危ないかもしれませんな」などといっていたほどだった。安吾はそのころ伊東に住んでいたので、この大火を目撃した。

「大迂回して、風下から（熱海）銀座の真上の路へでる。眼下一帯、平地はすでに全く焼け野となって燃えおちているのである。銀座もなく糸川べりもない。そのとき八時であったが、当日の被害の九割までは、このときまでに燃えていた」

戦争が終って三年たらず、世相は混乱をきわめていた。そのなかで安吾はヤクザの金をつかって新雑誌を出そうとして騒動をおこしたことや、そのころの作家たちの動勢をおもしろおかしいふうに書いたりしている。

乱世の上に大火とくれば、無頼坂口安吾は大活躍。かれの熱海市の糸川地区（遊興地）についての意見などは、売春禁止法前の文章だから、奔放な意見がのべられている。こういう人の書いたものは、賛成者も反対者もしっかり読んで対話しなければならない。「日本文化私観」を書いた人の、さすがという一篇。

三島由紀夫（一九二五〜一九七〇）の、「月澹荘綺譚《げつたんそうきたん》」は伊豆半島下田の城山が舞台のものがたり。ここにかつて明治の元勲が月澹荘という別荘を建てたが、それは四〇年ほど前に焼けおちてしまった。たずねていった〈私〉は、かつてそこの別荘番をし、二代目の侯爵の遊び相手にもなったという老人に出会い、そこで起こった悲劇のてんまつを知る。その悲劇が作品の中心である。

巧みな構成になっていて、引きつけられるままに読みすすんでしまう。そのストーリーテリングの冴えが、三島を感じさせる。よく考えられたホラー小説でもある。

庄野潤三（一九二一〜二〇〇九）「石垣いちご」は、戦中の回想である。かつて久能山の近くに砲台があり、九つ年上の兄が砲台長をしていた。その弟が当時海軍の予備学生だった昭和一九年、そこの砲台で一夜をともにすごし、コーヒーをのんだり両親に電話を掛けて話すということをした。朝食を一緒にとった。結局その砲台は戦闘はしないですんだのだったが、兄は戦後突然死し、今はもういない。

弟が戦後再訪してみると、砲台は柑橘試験場の地所になっていた。試験場の場長を停年になった人物がいて、当時のはなしが聞けた。

風景も変っていたが、崖の中腹あたりにあった石垣いちごが、浜の方まで広がっていた。

たんたんとした戦中、戦後と対比した回想であるが、着実な眼でとらえられていて、現実感がある。これは庄野さんペースである。

小川国夫（一九二七〜二〇〇八）の「河口の南」は、大井川や静波海岸に象徴される小川国夫ランドの小説群の一篇。主人公の幸彦は二五歳。藤枝中学、静岡師範でサッカーをやっていたが、ベルリン・オリンピックの日本代表の選にもれた失意の教員という設定になっている。藤枝から相良方向へ行く藤相線の軽便鉄道がまだあった。したがって一九三六年の話ということになり、一九二七年生まれの作者自身よりずっと年長者の物語ということになる。

沖へむかって泳いでいくシーンからはじまる。幸彦は荒れさわぐ心をもてあましている青年で、その心の描写がはてしない海のざわめきであらわされる。その中を泳ぎつづけるうちにかれはヨシキリザメに尻を傷つけられる。この出だしは、印象的である。

ものがたりは幸彦とひとつ年下の同僚の教師伊久代のつきあいである。

はげしい幸彦の気持と行動は伊久代を当惑させている。青春を生きる男の葛藤する感情と欲望のかたまりをぶつけられるわけだが、それがさまざまな観念とともにあらわれるから、若い女性にはとてもわかりにくい。若い女性はまた自分が男性にとってごういう性質の惹きつける魅力をもっているかも、まだはっきりとは意識できていない。

幸彦は、青春時代の作者自身のように、オートバイに乗る青年だが、そのオートバイで軽便鉄道の上の伊久代を追いかけ、おいついたりする（軽便はとてもおそかったと聞いている）。

伊久代は、押されながらも、この不可解な観念をもつ男が、ともかく自分を心から求めていることを感じとっているので、逃げ去ってしまうことができない。幸彦は伊久代に迫り、ついに強制的に追いつめる。男は思いこみで行動し、相手を支配しようとする。それは十全な相手への理解の上になり立つものではない。幸彦は男の青春そのもののように激しく、葛藤もまた強い。しかし幸彦は自分がしようとしていることに気づき、愕然として部屋をとびだしていってしまう。

そのプレッシャーからかれを解放してくれたのは、草原のなかでのはげしい疾走だった。そのあとかれはこう感じる。「それは無為という、麻痺の枷だった。興奮と忍耐と生き物の苦痛がギッシリ詰まった二十七年の間、励ましを与えていた理由にこだわることを、彼は放擲していた」

一方伊久代の方は「自分が彼にとってなんであるのか、その時は考えなかった」とある。幸彦の行動と心は理解できない。

伊久代は、中学生二人が、サッカーのトレーニングを遊びながらしている姿を見、そこに幸彦をかさねる。「二人は彼女に近づいて来た時のように、もごかしい径を丹念な感じに曲りながら、遠ざかって行った。」

青春の恋愛の実態とは、しばしばこのようなものであろうが、幸彦の場合は、青春にあるサッカー選手で、精神の激動がはげしくまた行為に出る力を人一倍もっているので、典型的な男女のありかたが、そのくいちがいによってあざやかに描かれている。ここにはもちろん小川国夫自身の青春の姿がしっかりと見える。

三木卓（みき　たく）

一九三五年、東京生まれ。父母は静岡出身で、上京後に結婚して生まれた三男。幼少期を中国東北地方で過ごす。戦後静岡市にひきあげる。静岡県立静岡高等学校、早稲田大学卒業。

詩集に『東京午前三時』（H氏賞）など。小説に『砲撃のあとで』（所収作『鶸』で芥川賞）など。童話に『ぽたぽた』など。

静岡をあつかった作品に『はるかな町』『裸足と貝殻』（読売文学賞）、『芝笛と地図』など。

著者と作品

1　大岡信（1931〜）
『螢火府』（現代詩文庫153　続続・大岡信詩集　思潮社）

2　梶井基次郎（1901〜1932）
『蒼穹』（梶井基次郎全集　全一巻　ちくま文庫）

3　太宰治（1909〜1948）
『満願』（太宰治全集2　ちくま文庫）

4　藤枝静男（1907〜1993）
『一家団欒』（悲しいだけ　欣求浄土　講談社文芸文庫）

5　吉田知子（1934〜）
『お供え』（脳天壊了　吉田知子選集Ⅰ　景文館書店）

6　三木卓（1935〜）
『六月』（はるかな町　集英社文庫）

7　泉鏡花（1873〜1939）
『雛がたり』（鏡花短篇集　川村二郎編　岩波文庫）

8　内田百閒（1889〜1971）
『由比駅』（サラサーテの盤　内田百閒集成4　ちくま文庫）

9　川端康成（1899〜1972）
『神います』（掌の小説　新潮文庫）

10　坂口安吾（1906〜1955）
『熱海復興』（坂口安吾全集08　筑摩書房）

11　三島由紀夫（1925〜1970）
『月澹荘綺譚』（岬にての物語　新潮文庫）

12　庄野潤三（1921〜2009）
『石垣いちご』（庄野潤三全集　第五巻　講談社）

13　小川国夫（1927〜2008）
『河口の南』（悠蔵が残したこと　審美社）

編者　アンソロジーしずおか編集委員会
杉本博
市原健太（水曜文庫）
ちばえん（イラストレーター）
田邊詩野

装画・挿画

ちばえん

1965年生まれ。多摩美術大学グラフィックデザイン学科卒。

新聞や雑誌の挿絵、装画を中心に活動。かたわら独自の創作活動も行っている。

主な仕事、静岡新聞連載小説『ビストロ青猫謎解きレシピ』(大石直紀作/2013)挿絵、『宮城聰のようこそ舞台へ』(2012)など。

幻冬舎PONTOON第1回表紙大賞受賞(2010)。

御殿場市在住。

アンソロジーしずおか　純文学編

2017年2月20日　第一刷

装　幀　坂本陽一(mots)

挿　画　ちばえん

編　集　アンソロジーしずおか編集委員会

校正協力　弘文舎

発行者　大石剛

発行所　静岡新聞社

〒422-8033 静岡市駿河区登呂3-1-1

電話 054(284)1666

印刷・製本　図書印刷株式会社

ISBN978-4-7838-2255-4 C0093